新 潮 文 庫

羊たちの沈黙

上　巻

トマス・ハリス
高 見　浩 訳

新 潮 社 版

9361

わが父の思い出に

もし人間的な動機から私がエフェソスで獣と闘ったのだとしたら、
いったい何の得があるというのか、死者の復活がない場合には？

——新約聖書　コリント人への第一の手紙

指輪に刻まれた髑髏《どくろ》を見る必要があろうか、
それはすでにわたしの顔に刻まれているのに？

——ジョン・ダン『瞑想』

羊たちの沈黙

上巻

主要登場人物

クラリス・スターリング…ＦＢＩアカデミー訓練生
ジャック・クロフォード…　〃　行動科学課課長
ベッラ……………………ジャックの妻
ジョン・ブリガム…………ＦＢＩアカデミー射撃教官
アーディリア・マップ……クラリスのルームメイト
フレドリック・チルトン…州立ボルティモア精神異常犯罪者用病院院長
バーニー……………………　〃　用務員
ノーブル・ピルチャー……スミソニアン国立自然史博物館研究員
アルバート・ロドゥン……　〃
ルース・マーティン………上院議員
キャサリン…………………ルースの娘
〝バッファロウ・ビル〟……………連続誘拐殺人犯の通称
ハンニバル・レクター……医学博士。連続殺人犯

1

　ＦＢＩで連続殺人を扱う行動科学課は、クワンティコのＦＢＩアカデミー校舎の最下階にあり、半ば地中に埋もれている。クラリス・スターリングはホーガンズ・アリーに接した射撃練習場から急いで歩いてきたため、着いたときは頰が紅潮していた。髪に草が付着し、アカデミーのウィンドブレーカーにも草のしみがついていたのは、練習場での逮捕演習で、銃火を浴びては地面に躍りこんでいたせいだ。

　手前のオフィスにはだれもいなかったから、ガラスのドアに映った自分を見て、髪をちょっとふくらませた。それ以上気を使わなくても、見苦しくはないはずだ。両手には硝煙の臭《にお》いが残っていたけれど、洗っている暇はなかった――クロフォード課長からかかったのは、至急こい、という呼出しだったのだから。

ジャック・クロフォードはたった一人、オフィスの雑然とした続き部屋に立っていた。だれか他人のデスクの電話で話している最中だった。彼をじっくり眺めるのは一年ぶりだったが、その姿はすこし異様に思えた。

ふだんのクロフォードは中年の壮健なエンジニアのように見える――そう、大学時代には野球を、それも、読みが深く、走者をブロックするときは体を張るようなタフなキャッチャーをやって、学費も自分で稼いで卒業したのではないかと思わせるような男に。いまは痩《や》せていて、シャツの襟もぶかぶかだし、血走った目の下には黒ずんだたるみもできている。現在、行動科学課が非難の矢面に立たされていることは、新聞を読める者ならだれでも承知している。まさかクロフォードが酒びたりになっているのでなければいいが、とクラリスは思った。ここではまずあり得ないことだが。

「いかん」と鋭く言って、クロフォードは電話の会話を打ち切った。抱えていたクラリス関連のファイルを持ち直して、ひらく。

「スターリング、クラリス・Mだな、おはよう」

「おはようございます」非礼と思われない程度の笑みを浮かべた。

「何か不都合なことがあったわけじゃない。驚かせはしなかったろうね、呼出しをかけて」

「ええ、特に」でもないのだけれど、とクラリスは思った。

「いい成績だそうじゃないか、教官の話だと。クラスの上位四分の一に入っているし」

「だといいのですが。成績表が貼《は》り出されたわけじゃありませんから」

「ときどき問い合わせているんだよ、わたしは」

これには、クラリスは驚いた。クロフォードという人はてっきり、表裏を使い分ける、いやみな人材引き抜き係とばかり思っていたので。

クラリスがクロフォード特別捜査官と初めて会ったのは、彼がヴァージニア大学に客員講師として招かれたときだった。そもそもクラリスがFBIを目ざしたのは、彼の犯罪学セミナーの内容が素晴らしかったせいでもあったのだ。アカデミーの入学試験に合格してから彼に手紙を書いたのだが、返事はもらえなかった。クワンティコで三ヶ月間訓練生として学んでいるあいだも、無視されつづけたのである。

もともとクラリスは、人に特別な愛顧を求めたり、交際をせがんだりすることのない家庭で育ったのだが、クロフォードの態度はやはり不可解だったし、残念でもあった。が、いまこうして彼を前にすると、口惜《くや》しいけれどまた好感が湧《わ》いてくるのは否《いな》みようがなかった。

それにしても、きょうの彼は何かがおかしい。それはたしかだった。クロフォードという人には、本来の知性とは別に一種独特の洒脱《しゃだつ》さがあって、クラリスが最初にそれに気づいたのは、彼の服装の色彩感覚や生地の選び方に目が止まったときだった。FBI捜査官の横並びの服装の中にあっても、それは目立ったのだ。きょうの彼の身だしなみは、きちんとはしていても、どこかくすんでいる。脱皮しかけている虫のように。

「ある任務が生じて、きみの顔が浮かんだのさ」クロフォードは言った。「まあ、任務というより、興味深いお使いとでもいったほうがいいかな。その椅子《いす》の、ベリーの書類をどかしてすわってくれ。これを読むと、きみは、アカデミーの訓練を終えたらすぐ行動科学課に配属してほしい、と書いているね」

「はい」

「法医学の研究は積んでいても、法執行機関での経験はまったくないようだな。われわれとしては、最短でも六年間の実地経験がほしいところなんだが」

「父が保安官だったので、どういう日常かはわかっていますけど」

クロフォードは薄く笑った。「心理学と犯罪学と、専攻を二つとってはいるんだね。精神衛生センターでの夏季実習は何回受けたんだい——二回か？」

「二回です」

「カウンセラーのライセンスはまだ有効なのかい？」

「はい、あと二年間は。あれは、ヴァージニア大学でのあなたのセミナーを受講する前にとったんですが——ＦＢＩの訓練生になろうと決める前に」

「新規採用凍結にひっかかったわけか」

クラリスはうなずいた。「でも、わたしはラッキーでした——凍結のことが早目にわかったので、法医学特別研究員の資格がとれましたから。アカデミーに欠員が生じるまで、研究室で働けたんです」

「この課に入りたいという手紙をもらったのに、たしか返事を出さなかったね——うん、出さなかった。悪いことをした」

「いろいろとご多忙だったんでしょうから」

「ところで、ＶＩ－ＣＡＰ《ヴァイキャップ》のことは知ってるかい？」

「はい、凶悪犯検挙プログラム（Violent Criminal Apprehension Program）のことですね。『法執行公報』に出ていました、あなたがデータベースを作成中だけれども、実用にはまだ至っていない、って」

　クロフォードはうなずいた。「われわれはアンケートの質問表をつくったんだ。現在知られているすべての連続殺人犯に答えてもらおうと思ってね」簡単に綴《と》じられた分厚い書類をクラリスに手渡して、「捜査官用のパートと、いればの話だが、殺しを免れた被害者用のパートもある。青は、殺人犯に答える気があれば答えさせる項目、ピンクは捜査官が殺人犯に問いかける一連の項目で、答と同時に相手の反応ぶりも記録することになっている。かなりのペーパーワークだな」

　ペーパーワーク。クラリス・スターリングの利己心が、鼻のきくビーグル犬のようにくんくんと先を嗅《か》いだ。ある任務を提示されるような匂《にお》いがする――おそらく、新しいコンピュータ・システムに生のデータをインプットする退屈な仕事だろう。どんな仕事内容であれ行動科学課にもぐりこめると思うと気持が動くけれど、いったん秘書に分類された女性にどういう将来が待っているかは容易に察しがつく――この世の終わりまで秘書の名がついてまわるはずだ。ともあれ、ある選択の機会が訪れようとしている。賢明な選択をしたかった。

　クロフォードは何かを待っている――すでにわたしに問いかけをしたのだ、とクラリスは思った。何だったのか、急いで思いださないと。

「きみはこれまでに、どんなテストをしたことがあるのかな？　ＭＭＰＩ（ミネソタ多面人格テスト）はどうだい？　ロールシャッハ・テストは？」

「はい、ＭＭＰＩはしたことがあります。ロールシャッハは一度もありません。主題統覚テストはやったことがありますね。子供たちを対象にベンダー・ゲシュタルト検査をしたこともあります」

「きみは怖がり屋かい、スターリング？」

「いえ、いままでのところは」

「実はね、われわれはこれまで、拘禁中の有名な連続殺人犯三十二名全員の面接調査を目指してきたんだ、未解決事件の心理プロファイリングに役立つデータベースを構築するために。大半の者は協力してくれたよ――きっと、自分を誇示したいという衝動に駆られたんだろう、大部分がね。二十七名は積極的に協力してくれた。上訴中の死刑囚四名は頑《かたく》なに拒んでいるが、心情は理解できる。ところが、だれよりも協力してほしいと願っている者が、まだ応じてくれていない。で、あした、その男が拘置されている病院にいって、あたってほしいのさ」

クラリス・スターリングは喜びで胸が高鳴ると同時に、不安も感じた。

「で、その男とは？」

「あの精神科医、ハンニバル・レクター博士だ」

その名前が出ると、一瞬の沈黙が訪れる。まともな人間の集まりなら例外なしに。

クラリスはじっとクロフォードの顔を見つめたが、体は強張《こわば》っていた。「人食いハンニバル、ですね」

「そのとおり」

「なるほど、ええ――わかりました、いきます。喜んでいきますけど、わたしの疑問もおわかりですよね――どうしてわたしなんですか？」

「主な理由は、さしあたって、きみの体があいているからだ。あの男はおそらく、うんとは言うまい。すでにはっきり断っているしね。しかし、あのときは、あいだに人が立っていた――病院の院長だ。わたしとしては、わが方の正規の調査官が直接彼に会いにいって協力を求めた、という形を整えておきたいのさ。きみには関係のない事情もあってね。うちの課にはもう頼める人間もいないし」

「手一杯なんですね――〝バッファロウ・ビル〟の件で――それと、ネヴァダの問題もからんで」

「そういうことだ。毎度おなじみ――もう、役立たずすらろくに残っちゃいない」

「あす、とおっしゃいましたけど――お急ぎなんですね。目下の事件と何か関連があるんでしょうか？」

「ない。あればいいんだが」

「彼がわたしを撥《は》ねつけた場合でも、心理評価は必要ですか？」

「いや。レクター博士相手の診断不能患者評価報告なら、うんざりするほどあるんだ。内容はみんなバラバラなんだが」

クロフォードはビタミンC剤を二錠掌《てのひら》に揺すりだし、アルカセルツァーを溶かした冷水器の水で飲み下した。「実に滑稽《こっけい》な話でね。レクターは精神科医で、精神医学関連の雑誌にもいろいろと寄稿している――どれも並外れた論文さ――ところが、自分自身のちょっとした異常性には決して触れようとしない。あるときは、病院長のチルトンのテストを受け容《い》れるふりをした――自分のペニスに血圧計測帯を巻いて、さまざまな破壊の跡の写真を見る、というものだった――ところが彼は、チルトンを彼なりに分析した結果をさっさと雑誌に発表して、チルトンを笑い者にしてのけたのさ。それから、自分の事件とは無関係な分野の精神科の学生からの質問には応答する。せいぜいそれくらいだな、やることは。彼がきみとの対話を拒んだ場合は、客観に徹した報告書を書いてくれるだけでいい。彼の顔つき、独房の様子、そこで何をしているか。絵画でいう固有色だね。出入りする記者連中には用心すること。本物の新聞じゃなく、低俗なタブロイド紙の連中が始末が悪い。彼らにとっては、アンドルー王子よりレクターのほうがずっと人気者なんだ」

「ある低俗な雑誌が、五万ドル出すから面白いレシピを紹介してくれ、というオファーを彼に出したことがありませんでした？　そういう記憶があるんですが」

クロフォードはうなずいた。「おそらく、『ナショナル・タトラー』紙などは、病院内部のだれかをすでに買収しているだろうな。わたしが面会のアポイントをとった段階で、きみがいくことはもう編集部の連中に知れてるかもしれないよ」

クロフォードは身をのりだして、クラリスの手前六十センチ近くまで顔を寄せた。半眼鏡《ハーフグラス》のせいで、彼の目の下のたるみがぼやけて見えた。リステリンでうがいをして、まだ間もないこともわかった。

「さてと。よく聞いてほしいんだ、スターリング。しっかり聞いているか？」

「はい」

「ハンニバル・レクターにはくれぐれも注意してくれ。彼と面会するときの具体的な手順については、病院長のチルトンが教えてくれるはずだ。それを厳守すること。どんな理由があろうと、いささかでもそれに反した振る舞いをしてはいけない。レクターが口をきくとしたら、きみという人間に探りを入れようとしているんだ。蛇が小鳥の巣を覗《のぞ》き込むときの好奇心だな。きみも知っているように、面接をする際は多少の情報のやりとりが付き物だが、きみ自身の詳細は絶対に伝えちゃいかん。きみのいかなる個人情報も彼の脳中にしまいこませないことだ。彼がウィル・グレアムに加えた仕打ちは知ってるだろうね」

「事件が起きたとき、読みました」

「ウィルが自分の身辺に迫ったと知ると、彼はリノリウム・ナイフでウィルの腹をえぐったんだ。ウィルが死ななかったのは奇跡だよ。〝レッド・ドラゴン〟を覚えているかい？ レクターはフランシス・ダラハイドをそそのかして、ウィルとその家族を襲わせた。レクターのおかげで、いまのウィルの顔はピカソの絵も同然でね。やつは病院の看護師にも大怪《おおけ》我《が》を負わせたし。彼が何者かを決して忘れずに、任務を遂行してくれ」

「で、彼は何者なんでしょう？ その点はどう思います？」

「彼はモンスターだ。それ以上のことになると、断言できる者はいない。もしかすると、きみが探り出してくれるかもしれんな。わたしはきみを、でたらめに選んだわけじゃないからね、スターリング。わたしがヴァージニア大学で教えた際、きみはいくつか興味深い質問をした。きみの署名入りの報告書には、長官自身が目を通すはずだ

――もし明瞭《めいりょう》に、すっきりと、的確にまとめられていれば。それは、わたしが決める。だから、報告書は日曜の午前九時までに提出してほしい。以上だ、スターリング、指示したとおりに進めてくれ」

クロフォードは彼女に微笑《ほほえ》んだ。が、その目は死んでいた。

2

州立ボルティモア精神異常犯罪者用病院の院長、フレドリック・チルトン、五十八歳。長くて幅のある彼のデスクには、硬い物、鋭利な物はいっさい置かれていない。病院スタッフの中には、そのデスクを〝濠《ほり》〟と呼ぶ者がいる。他のスタッフは、〝濠〟という言葉の意味も知らない。チルトン院長はデスクについたまま、部屋に入ってきたクラリス・スターリングを迎えた。

「ここには刑事が大勢やってくるが、こんなに魅力的な女性は初めてだね」立ちあがろうともせずに、チルトンは言った。

クラリスにはすぐに察しがついた。差し出された手がテカっているのはラノリンのせいだ。髪をしょっちゅう撫《な》でつけているからだろう。自分のほうから先に手を放した。

「ミス・スターリングだね？」

「スターリングですが発音がちがいます、院長、tのあとはeではなく、aなので。お時間をとってくださって、ありがとうございます」

「そうか、FBIも世間並みに、若い女性を使うようになったんだな、なるほど、なるほど」言葉の区切りに笑うたびに、ヤニで汚れた歯が覗く。

「FBIも進化しているんです、チルトン院長。それはもう」

「ボルティモアには何日か滞在するのかい？　ここでもワシントンやニューヨーク並みのお楽しみを味わえるんだがね、通にかかれば」

卑《いや》しい笑みを見たくなくて顔をそらしてから、クラリスはすぐに、こちらの嫌悪感《けんおかん》をけどられたな、と覚《さと》った。「ええ、素敵な街ですよね、ここは。でも、レクター博士に会ったら、きょうの午後にも報告にもどるよう指示されていますので」

「あとで連絡事項が生じた場合、ワシントンのきみに電話できるところはあるのかい？」

「もちろん。そこまでご配慮いただいて、ありがとうございます。この一件はジャック・クロフォード特別捜査官が責任者なので、彼を通していつでも電話してください」

「なるほどね」チルトンは言った。ピンク色の斑点《はんてん》のある彼の頬は、赤茶色という、染めたにしては考えられないような髪の色と、およそ調和がとれていない。「身分証明書を見せてもらおうか」クラリスを立たせたまま、ゆっくりとIDカードに目を走らせる。それから彼女に返して、立ちあがった。「たいして時間はかからんよ。きたまえ」

「あなたから具体的な面接手続きを説明していただけると聞いていたんですが、チルトン院長」

「それは歩きながらにしよう」デスクをぐるっとまわってきて、腕時計を見た。「三十分後に昼食なんだ」

くそ、もっと早くこの男のタイプを読みとればよかった。この男にも何か取り得はあるのかもしれない。何か有益なことを知っているかもしれない。一度くらい媚《こび》を売っても損はしなかっただろう、それは自分の不得意課目だけれど。

「あなたとは正規の申し入れをして会っているんです、チルトン院長。いまなら時間もあいているというので、そちらのご都合で決まったんですよね。これから面接に入ると、面倒な問題も生じるかもしれません——彼の反応について、あなたと検討する必要もあるのでは」

「万に一つもそういう可能性はないだろうな。そうそう、いく前に電話を一つかけなければ。先にいってくれ、外のオフィスで追いつくから」

「コートと傘をここに置いていきたいんですが」

「あっちの部屋にしてくれ」チルトンは言った。「あっちでアランに渡すといい。あいつがしまってくれるさ」

アランは収監者に支給されるパジャマのような服を着ていた。シャツの裾《すそ》で灰皿をふいているところだった。

口の中で舌をまるめながら、クラリスのコートを受けとる。

「ありがとう」クラリスは言った。

「どういたしまして。あんた、何回ぐらい糞《くそ》をする？」アランは訊《き》いた。

「なんですって？」

「にょろーっと出てくるのかい？」

「そのコート、自分で掛けるからいいわ」

「あんたは見るのに邪魔なものがついてないからいいよな——かがみこめば股《また》の間から見えるだろう、にょろっと出てくるところも、空気に触れて色が変わるかどうかもさ、そうだろう？　なあ、でかい茶色の尻尾《しっぽ》が生えたように見えるのかい？」コートを放そうとしない。

「すぐオフィスにこいって、チルトン院長が言ってるわよ」

「いや、言ってないね」チルトン自身が言った。「コートをクローゼットに入れるんだ、アラン。わたしたちがもどってくるまで出しちゃいかん。さあ、早く。以前はフルタイムのオフィス・ガールがいたんだが、予算削減のあおりで失ってしまった。いまじゃ、きみに応対したあの女性が一日三時間タイプを打つだけで、あとはアランに頼るしかないんだ。あのオフィス・ガールたち、みんなどこにいってしまったんだろうな、ミス・スターリング？」眼鏡がクラリスに向かって光った。「きみは武器を携帯しているかね？」

「いいえ、携帯していません」

「ハンドバッグとブリーフケースの中を見せてもらえるかい？」

「わたしのＩＤカードは、もうごらんになりましたよね」

「あれには、きみは訓練生だと書いてあった。持ち物を見せてもらおう」


　最初の堅牢《けんろう》な鋼鉄の扉がガシャンと背後で閉まり、ボルトがバシンとかかる音に、クラリス・スターリングはびくっとした。すこし先をゆくチルトンが、いかにもこの種の施設らしい緑色の通路を進んでゆく。周囲には消毒剤の臭《にお》いが漂い、遠くで扉をあけたてする音がする。バッグやブリーフケースをチルトンがまさぐるのを許した自分に、クラリスは腹を立てていたが、集中心を保てるように、怒りをぐっと押し殺した。大丈夫。自制心が揺るぎなく自分を支えていた。急流に負けない砂利の川底のように。

「ほとほと手を焼かされるよ、レクターには」チルトンが後ろに首をひねって言った。「彼のところに届く出版物から用務員がホッチキス針を取り除くのに、一日すくなくとも十分はかかってるんだからね。彼が定期購読している出版物を、われわれは締め出すか減らそうとしたんだが、レクターは異議申立書を書き、裁判所は彼に軍配をあげたのさ。彼の受けとる郵便物も、一時はとてつもない量だった。幸い、他の怪物どもがマスコミをにぎわせるようになって彼の影が薄くなってからは、手紙の数も減ってはきたが。心理学の修士論文を書こうとする学生どもが、こぞってレクターの見解をとりこもうとする風潮もしばらくつづいたな。各種の医学誌はいまだに彼の論文を掲載しているが、あれは彼の名前の猟奇的な価値を利用しているまででね」

「『臨床精神医学ジャーナル』に掲載された、手術依存症に関する彼の論文は、いいものだったと思いますけど」

「ほう、あれがね？　われわれはレクターを研究しようと努めた。〝いまこそ画期的な研究をする絶好の機会だ〟と思ったものさ――生きたまま確保できるなんて、めったにないのだから」

「確保って、何をですか？」

「掛け値なしの社会病質者《ソシオパス》をさ。彼はまぎれもなくそれなんだから。ところが、どんな分析も寄せつけないんだよ、あいつは。あまりにも知能が発達していて、並みのテストは受けつけない。それにまあ、われわれに対する敵愾心《てきがいしん》の強さといったら。わたしのことを天敵と見なしているんだからね。その点、クロフォードは抜け目がないな――そうだろう？――レクター相手にきみを起用するとはね」

「何をおっしゃりたいんですか、チルトン院長？」

「若い女性を差し向けて、彼を〝その気にさせる〟わけだよな。レクターはもう何年も女を見ていないはずだ――掃除係の女性をちらっと見たことはあるかもしれないが。あそこにはふだんから女を入れないことにしているんだ。拘置所ではトラブルの種だからね、女は」

ふん、くたばれ、チルトン。「わたし、ヴァージニア大学を優等で卒業したんです、院長。あの大学は女性に社交マナーを教えるチャームスクールではありません」

「それなら、レクターとの面接ルールを頭に叩《たた》き込んでおけるはずだな。鉄格子《てつごうし》の間から手を入れたり、鉄格子にさわったりしてはいかん。彼に手渡すのは柔らかい紙に限る。ペンや鉛筆も渡してはいかん。彼はときに自分のマジックペンを持っていることがある。彼に書類を渡すときは、ホッチキス針、ペーパー・クリップ、ピンなどを取り除いておくこと。何かを渡すとき、引きとるとき、いずれの場合も、鉄格子の下をすべらせて出し入れする食事用のトレイを利用する。例外は認めない。彼が鉄格子の間から何かを渡そうとしても、決して受けとらないこと。わかったかい？」

「わかりました」

二人はさらに扉を二つ通って、自然光の及ばない区域に入った。収監者たちが自由に交われる監房を通りすぎて、もはや窓もなく自由な交わりも許されないゾーンに入ってゆく。通路の電灯は船の機関室のように堅牢な格子で覆《おお》われている。その電灯の一つの下で、チルトンは立ち止まった。二人の足音が止《や》むと、壁の向こうのどこかから、切れ切れの、叫びすぎてかすれた声が、クラリスの耳に届いた。

「レクターを独房の外に出すときは、必ず全身拘束服を着せて、マウスピースをかませる決まりになっている」チルトンは言った。「なぜだか教えてやろう。収監された最初の一年、彼は模範的なくらいに協力的だった。で、警備態勢もすこし緩んだんだな――もちろん、わたしの前任者の頃の話だがね。一九七六年七月八日の午後、レクターは胸の痛みを訴えて治療室へ移された。心電図をとりやすくするために、拘束服がいったん脱がされた。で、看護師がかがみこんだところ、彼はこういう仕打ちをしたんだ」よれよれの一枚の写真を、クラリスに手渡した。「医師たちは彼女の片方の目を救うだけで精一杯だった。その間もずっとレクターの体は各種モニターにつながれていたんだがね。レクターは彼女の顎《あご》を砕いて、舌にかぶりついた。彼の脈拍は終始八十五以下を保っていたらしい、舌を嚥《の》み込んだときですらも」

その写真と、貪欲《どんよく》そうな目つきでじろじろとこちらの顔をねめまわすチルトンの腹のうちと、どちらのほうがいとわしいか、クラリスには決めかねた。喉《のど》を渇かしてこちらの顔の涙をつつこうとする鶏を、彼女は連想した。

「レクターはここに閉じ込めてあるんだ」強化ガラスの堅牢な両開きの扉の横にあるボタンを、チルトンは押した。大柄な用務員が、二人をさらに奥のブロックに通してくれた。

クラリスは難しい決断を下して、扉のすぐ向こうで立ち止まった。「チルトン院長、うちの課にとってはこれからの面接の結果がとても重要なんです。もしレクター博士があなたを宿敵と見なしているなら――おっしゃるとおり、あなたを特別に意識しているなら――わたし一人で対面したほうが好結果が得られるような気がするんですが。

どうでしょう?」

チルトンの頰がヒクついた。「ああ、けっこうだね。それなら、さっき、わたしのオフィスでそう言ってほしかったな。最初から用務員をきみにつければ、時間が省けたろうに」

「あのとき、いまのような説明をしてくだされば、そう提案できたんですが」

「まあ、きみとはこの先二度と会うことはあるまいよ、ミス・スターリング——バーニー、面接が終わったら、だれかを呼んで彼女を外まで送らせろ」

それっきり二度とクラリスの顔を見ずに、チルトンは出ていった。

あとに残ったのは平然たる面持ちの大柄な用務員と、その背後で音もなく時を刻む時計、それに金網で囲まれた用務員室だけだった。その部屋には、催涙ガス噴射器のメイス、拘束服、マウスピース、麻酔銃などが揃《そろ》っている。壁のラックには、暴れる人間を壁に押しつけるための、先端にU字形の金具のついた長いさすまたが掛かっていた。

用務員はじっとクラリスを見ていた。「鉄格子にさわらぬように、とチルトン院長に言われたでしょうな?」かん高く、しかも、しゃがれた声だった。映画俳優のアルド・レイを、クラリスは思いだした。

「ええ、そう言われたわ」

「よろしい。他の部屋を通りすぎて、右側、いちばん奥の部屋です。通路の中央をなるべくキープして進んでください。何が起ころうと、気になさらんように。ついでに彼の郵便物を持っていってやれば、いいスタートを切れるでしょう」用務員はひそかに楽しんでいるようだった。「郵便物はトレイにのせて、向こう側にくぐらせればいいんです。トレイが向こう側に入ったら、ひもでこちら側に引き出すか、あるいは彼のほうでこちらに戻してくれます。トレイが外で止まる位置までは、彼の手も届きません」用務員がクラリスに手渡したのは、ページが抜け落ちかけている雑誌二冊、新聞三紙、それと開封された数通の手紙だった。

通路は全長約三十メートルで、両側に監房が並んでいた。いくつかの監房の壁はクッション仕様になっており、扉の真ん中に矢狭間《やはざま》のような細長い監視窓がついていた。他はごく普通の刑務所の監房で、通路に向かって鉄格子の壁の一部がひらくようになっている。監房内にうごめく人影には気づいたものの、クラリス・スターリングはそちらに視線を向けないようにつとめた。通路の半ばをすぎたとき、低く吐き出すような声がした。「オマンコがにおうぞ」クラリスは聞こえなかったふりをして、歩きつづけた。

最後の監房には明かりがついていた。自分の靴音で接近を知られているのは承知のうえで、クラリスは監房の中を見渡そうと通路の左側に寄っていった。

3

レクター博士の監房は他の監房のずっと奥にあり、通路の向かい側には物入れしかない。変わっている点は他にもある。前面は鉄格子だが、その奥、人間の手がまず届かない位置に二番目のバリアがあるのだ。それはナイロン製の頑丈なネットで、左右の壁から壁まで、床から天井まで張られていた。そのネット越しに見える、床にボルトで固定されたテーブルには、ソフトカヴァーの本や書類がうずたかく積まれており、やはり床に固定された、背もたれの真っすぐな椅子《いす》も一脚あった。

ハンニバル・レクター博士自身は寝台にもたれて、イタリア版の『ヴォーグ』を熱心に読んでいた。はがれたページを右手で持ち、読み終えたものから左手でわきに置いていく。レクター博士の左手には、指が六本ある。

クラリス・スターリングは鉄格子のすこし手前、狭い玄関の間ほどの距離を置いて立ち止まった。

「レクター博士」落ち着いた声だ、と自分で思った。

彼は読むのをやめて顔をあげた。

ほんの一瞬、彼の眼差《まなざ》しが低い唸《うな》りを発しているような気がクラリスはしたが、それは自分の耳の奥が脈打っている音だった。

「クラリス・スターリングと申します。お話をさせていただいていいですか？」彼女のとった距離と口調に、礼儀正しさがにじんでいた。

レクター博士はすぼめた唇に指を当てて、しばし考えていた。と思うと悠然と立ちあがり、何のためらいもなく近寄ってきて、ナイロン・ネットのわずか手前で立ち止まった。自分の意志でその位置を決めたかのように、ネットには目もくれなかった。

小柄でほっそりとした体つき。だが、その手にも腕にも、自分と同じように強靭《きょうじん》な力が秘められているのをクラリスは見てとった。

「おはよう」玄関で客に応《こた》えるような口調だった。品のいい声にはかすかに金属的なざらつきがある。めったに話す機会がないせいだろう。

レクター博士の目は栗色《くりいろ》で、針の先ほどの赤い点の集まりが光を反射している。ときおりその点が火花のように飛び散って、彼の内奥《ないおう》を映し出すように見える。その目はクラリスの全身をとらえていた。

彼女は距離を計算して鉄格子に近づいた。前腕の毛が逆立って袖《そで》を圧していた。

「博士、わたしたちはいま、心理プロファイリングで難問に直面しています。それでぜひ、あなたの助けを借りたいのですが」

「〝わたしたち〟とはクワンティコの行動科学課だな。きみはジャック・クロフォードの部下の一人とみえる」

「はい、そうです」

「身分証明書を見せてもらえるかね？」

それは思いがけない言葉だった。「もう提示しましたが……オフィスで」

「というと、フレドリック・チルトン哲学博士にかい？」

「ええ」

「きみは彼の資格証明書を見たのかね？」

「いいえ」

「学術的な資格証明書は、読むのにそう手間どらんぞ。アランには会ったかね？　愛すべき男だろう？　話し相手としてはどっちがいい？」

「全体的に見れば、アランのほうですね」

「きみの正体は、チルトンが金目当てにここへの入場を許可したレポーターだという可能性もある。きみの身分証明書を見せてもらうのは当然だと思うがな」

「わかりました」クラリスはフィルム加工を施したＩＤカードをかざした。

「この距離じゃ読めんよ。こっちによこしてくれ」

「それはできません」

「堅いからか」

「ええ」

「じゃあ、バーニーに頼むといい」

用務員がやってきて検討した。「レクター博士、ではこれをそちらに送ります。しかし、わたしがもどせと言ってももどさなかったり――それをとりもどすために、こちらがみんなの手を煩《わずら》わせてあなたを拘束しなきゃならんはめになったら――わたしは怒りますよ。わたしが怒ったら、また気分が直るまで、あなたには拘束服を着つづけてもらわなきゃならない。食事はチューブでとってもらい、紙おむつをはいてもらって、一日に二回はきかえてもらうことになります――そういうことです。それから、郵便物も一週間はお渡しししない。いいですね？」

「ああ、いいとも、バーニー」

カードがトレイにのせられて、向こう側に運ばれた。レクター博士はそれを明かりにかざした。

「訓練生だって？ 〝訓練生〟とあるぞ。ジャック・クロフォードはわたしとの面接役に訓練生を送り込んだのか？」カードを白い小さな歯にコツコツと当てて、においを嗅《か》ぐ。

「レクター博士」バーニーが言った。

「わかっている」カードをトレイにもどすと、バーニーが外に引き出した。

「たしかに、わたしはまだFBIアカデミーの訓練コースに在籍しています」クラリスは言った。「でも、きょうの話し合いのテーマはFBIではありません——心理学に関してなんです。その話し合いにわたしが適任かどうか、ご自身で判断してもらえないでしょうか？」

「うむ」レクター博士は言った。「ありていに言って……なかなか抜け目がないな、きみは。バーニー、スターリング捜査官にすわってもらったらどうだ」

「椅子に関する指示は、チルトン院長から受けていませんが」

「きみ自身のマナーに照らしてどう思う、バーニー？」

「椅子を出しましょうか？」クラリスに向かって、バーニーは訊《き》いた。「あることはあるんだが、そういう指示は——だいたい、こんなに粘る人はまずいないので」

「ありがとう、お願いするわ」クラリスは答えた。

バーニーは通路の向かい側の、鍵《かぎ》のかかった物入れから折りたたみ式の椅子を運んできてその場に据えると、すぐに立ち去った。

「それではと」テーブルに横向きにすわってクラリスに向かい合うと、レクターは言った。「ミッグズはきみに何と言ったんだね？」

「だれがですか？」

「〝多重人格《マルティプル》ミッグズ〟だよ、あっちの監房にいる。さっき低い声で、きみに何か言ったろう？　何と言ったんだ？」

「〝オマンコがにおうぞ〟と言いました」

「そうか。わたしにはにおわないが。きみは日頃エヴィアンのスキン・クリームを使っているな。レール・デュ・タンをつけることもあるが、きょうはつけていない。きょうは香水をつけまいと決めてきたんだろう。ミッグズの言葉を聞いて、どう思っている？」

「こちらにはわからない理由で、彼はわたしを敵視しているんでしょうね。残念ですが、とても。彼は人を敵視し、人は彼を敵視する。堂々めぐりです」

「きみはあの男を敵視しているかね？」

「心に障害があるのは気の毒ですね。それを除けば、わたしには単なる雑音にすぎません。わたしの香水のこと、どうしてわかったんですか?」

「きみがバッグからカードをとりだしたとき、かすかに香ったんだよ。きれいなバッグじゃないか」

「ありがとうございます」

「いちばんいいバッグを持ってきたんだろう?」

「ええ」そのとおりだった。クラリスは貯金をして、そのクラシックな味わいのあるカジュアル・ハンドバッグを買ったのだ。いまのところ、自分の最高の持ち物だった。

「それと比べると、靴はだいぶ見劣りがするな」

「これもいずれ追いつくと思います」

「ああ、そうだろうとも」

「壁の絵はご自分で描いたんですか、博士?」

「装飾家に依頼したとでも思うのかね?」

「流しの上の絵はヨーロッパの街ですか?」

「フィレンツェだ。アルノ川の対岸のベルヴェデーレ(Belvedere)要塞《ようさい》から見たヴェッキオ宮殿と大聖堂《ドゥオーモ》さ」

「細かい部分までぜんぶ、記憶から描いたんですか？」

「記憶はだね、スターリング捜査官、わたしにとっては現実の眺望に代わるものなのだよ」

「もう一つの絵はキリストの受難ですか？　真ん中の十字架にはだれの姿もありませんが」

「キリストが降架されてからのゴルゴタだからね。厚手の包肉用紙にクレヨンとマジックペンで描いたのさ。天国を約束された泥棒が、過ぎ越しの祭りの子羊をとりあげられて、現実に得たものだ」

「というと？」

「もちろん、あの男はキリストを嘲笑《ちょうしょう》した仲間同様、両脚を折られたんだ。きみはヨハネ伝に書かれていることをまったく知らないのか？　それならドゥッチオの絵を見るんだな――キリストの受難を正確に描いているから。ところでウィル・グレアムはどうしている？　どんな顔をしている？」

「ウィル・グレアムという人は知りません」

「彼が何者かは知っているはずだ。ジャック・クロフォードのお気に入りさ。きみの先代のな。いまはどんな顔をしている？」

「一度も会ったことがありませんので」

「これを称して、〝古い手並みの再評価〟という。別にかまわんだろう、スターリング捜査官？」

数瞬の沈黙を破って、クラリスは突っ込んだ。

「それより、もっといいことがあります。〝古い評価の再吟味〟をしてはどうでしょう。それでここにお持ちしたんですが——」

「いかん。いかんよ、それは愚劣な話の運び方だ。音楽用語に、切れ目なく奏して次の楽章に移る、という意味のセグエがある。流れるように話題をつなぐセグエでは、決してシャレを用いちゃいけない。いいかね、きみのシャレを理解してそれに応えようとすれば、これまでのムードにはそぐわない、客観的な頭脳操作を迅速に行わなければならないのだ。われわれはムードの板の上を歩いて、話を進めている。きみは見事だった。礼儀をわきまえ、こちらの礼儀にもそれなりに応じ、ミッグズの発した無礼な言葉も正しく告げることで信頼を確立した。それなのに、突然、無器用なセグエに頼って、アンケートの話題に移ろうとした。これは興醒《きょうざ》めだな」

「レクター博士、あなたは熟練の臨床精神科医です。わたしはムードに乗じてあなたを籠絡《ろうらく》しようとするほど愚かな女だと思いますか？　もうすこしわたしを認めてください。お願いしたいのは、質問票に答えていただくことです。応じるも応じないもご自由ですが、ちょっと目を通すのも苦痛ですか？」

「最近、行動科学課が公《おおやけ》にする論文をどれか読んでるかね、スターリング捜査官？」

「ええ」

「わたしもだ。ＦＢＩは愚かにも、『法執行公報』をわたしに送るのを拒んでいるのだが、わたしは古書店から入手しているし、ジョン・ジェイ刑事司法大学も『ニューズ』を送ってくれるんだ。各種の精神医学関連の雑誌もな。専門家たちは、連続殺人を犯す人間を二つのグループに分けている――秩序型の犯罪者と、無秩序型の犯罪者だ。きみはその点をどう思う？」

「それは……ごく基本的な手順だと思います。明らかに――」

「単細胞すぎる、と呼ぶべきだな、彼らのやっていることは。実際、心理学なるものはおおむね幼稚だしな、スターリング捜査官、行動科学課でやっていることだって骨相学の域を出ない。そもそも、心理学には逸材が集まらんじゃないか。どの大学の心理学科でもいい、学生たちと教授陣を見てみるがいい。ハム無線に熱中している連中や性格的に欠陥のあるマニアばかりだ。学内きっての秀才たちとはとうてい言えないだろうが。秩序型の犯罪者と無秩序型の犯罪者――深海魚並みの頭脳の持ち主だな、あの区分を考えたのは」

「あなただったらどういう分類にしますか？」

「どうもせんね」

「刊行物といえば、手術依存症と、顔面の左側と右側の表情に関するあなたの論文を読みました」

「そうか、第一級の出来栄《できば》えだっただろう、あれは」

「そう思いました。ジャック・クロフォードも同じ意見です。あれをわたしに勧めたのは彼なんです。それも、彼があなたに執着している理由の一つでして――」

「あのストイックなクロフォードが執着している？　彼もよほど多忙なのだな、助手を訓練生で間に合わせるとは」

「ええ。そしてなんとか――」

「バッファロウ・ビルの件で多忙なんだろう」

「だと思います」

「いかん。いかんね、〝だと思います〟などと言っては。バッファロウ・ビルの件であることを、きみははっきり知っているはずだ、スターリング捜査官。わたしはてっきり、ジャック・クロフォードがきみを差し向けたのはその件に関するわたしの考えをさぐらせるためだと思っていたが」

「ちがうんです」

「じゃあ、そっちのほうに水を向ける気はないんだな」

「ええ。わたしがきたのは、ぜひあなたの――」

「バッファロウ・ビルについて、何を知っている？」

「たしかなことを知っている者は、一人もいません」

「新聞発表から伏せられていることはないのかい？」

「ないと思います。レクター博士、あの件に関する機密資料は何も見てないんです、わたしは。わたしの任務は――」

「これまで何人の女性を殺した、バッファロウ・ビルは？」

「警察は五人の死体を見つけました」

「全員、皮を剝《は》がれていたか？」

「ええ、体の一部を」

「彼の仇名《あだな》の由来は、これまで一度も新聞に出ていない。彼はなぜバッファロウ・ビルと呼ばれているのか、きみは知っているか？」

「はい」

「教えてくれ」

「この質問票を見てくだされば、お教えします」

「じゃあ、見よう、見るだけだぞ。で、なぜなんだ？」

「最初は、カンザスシティ警察殺人課の悪い冗談だったんです」

「というと……？」

「彼は女の皮を剝ぐので、バッファロウの皮をたくさん剝いだバッファロウ・ビルになぞらえたんです」

恐怖が占めていた自分の心の場所を、俗っぽい好奇心に明け渡したことに、クラリスは気づいた。その二つならば、まだしも恐怖心のほうがいい。

「質問票をよこしたまえ」

青い質問票を、クラリスはトレイにのせて送り込んだ。そのままじっとすわって、レクターがページをめくるさまを見ていた。

やがてレクターは質問票をトレイに落として返してよこした。「やれやれ、スターリング捜査官、こんななまくらな切れ味の小道具でわたしを解剖できると思っているのか？」

「いいえ。あなたの洞察のいくぶんかでも示してくだされば、この調査にも光が見えると思って」

「で、何故《なにゆえ》にわたしはそうしなければならんのだ?」

「好奇心です」

「何に対する?」

「なぜあなたはここにいるのか。何があなたに起きたのか」

「わたしに何かが起きたわけじゃない、スターリング捜査官。わ、た、し、自、身、が、起、き、た、のだ。なんらかの外部的影響の帰結として、わたしはこうなったわけではない。きみらは行動主義に頼るあまり、善と悪を曖昧《あいまい》にしているのだ、スターリング捜査官。だから、あらゆる人間に道徳的なおむつをはかせている——この世に他人の過《あやま》ちに起因する悪など存在しないのに。わたしを見たまえ、スターリング捜査官。わたしは悪だと、きみは言い切れるか?　わたしは悪か、スターリング捜査官?」

「あなたは破壊的な行動をしたと、わたしは思います。それは同じことだと思いますけど」

「ただ破壊的なら悪だというのかね?　では、嵐《あらし》は悪だということになるな、それほど単純な話なら。それに、火災もあれば、雹《ひょう》もある。保険業者はそれを〝天災〟として一括しているようだが」

「そこには慎重な――」

「わたしは一つの趣味として、教会崩壊の事例を収集しているんだがね。つい最近、シチリアで起きた一件を見たか？　素晴らしかったじゃないか！　特別ミサの最中、教会のファサードが六十五人のお婆《ばあ》さんたちの上に倒れかかったんだからな。あれは悪か？　だとしたら、犯人はだれなのだ？　もし神が存在するのなら、神はああいう行為が好きなのだよ、スターリング捜査官。チフスと白鳥――その根源は同じなのさ」

「わたしにはあなたを解明できません、博士。でも、できる人は知っています」

彼は手をあげてクラリスを制した。形のいい手だ、と彼女は思った。そして、そこには、まったく同じ形の中指が二本あった。多指症のごく稀《まれ》な形態だ。

再び口をひらくと、レクターは柔らかで楽しげな口調で語った。「きみはわたしを定量化したがっているな、スターリング捜査官。きみは実に野心的だ、ちがうかね？　高級なハンドバッグに安物の靴、きみはわたしの目にどう映っていると思う？　まさしく田舎者に見えるんだよ。多少のセンスは持ち合わせている、よく磨きをかけた、押しの強い田舎者だ。目は安物の誕生石のごとし――ちょっとした答えにありつこうとするときは、表面がきらきらと輝く。そして、その背後には聡明《そうめい》な知性が息づいているんだろう？　母親のようになりたくはないという思いで、きみは必死だ。栄養がよかったおかげで背は伸びたが、鉱山暮らしを後にしてまだ一世代しかたっていないのだろう、スターリング捜査官。元をただせばウェスト・ヴァージニアのスターリング家か、それともオクラホマのスターリング家かな、捜査官？　大学に進むか、それとも陸軍婦人部隊で昇進を目指すか、決めかねたんじゃないのかい？　きみに関する特別な事実を一つ、話してやろう、スターリング訓練生。きみの部屋には、プレゼントされたビーズを増やしていく金色のネックレスがある。いまそれを手にしてどんなに安っぽいかに気づくと、きみはげんなりしてがっくりしてしまう。ちがうかね？　ビーズをもらうたびに発したありきたりの感謝の言葉、生真面目《きまじめ》にビーズを通してもらった思い出、いまとなってはそのビーズの一つ一つが安っぽく見えるのだ。ありきたりで、何の面白みもない。平々凡々たる思い出。頭がいいと無価値になってしまうものがたくさんあるんじゃないのかな？　それに、センスの向上もきみを傷つける。いずれこの会話について考えるとき、きみの脳裏には、かつてボーイフレンドをふった際、彼の顔に浮かんだ傷ついた動物のような愚鈍な表情が甦《よみがえ》ることだろう。あのネックレスすら安っぽく見えてくるなら、この先、輝きを保ちつづけるものなどあるのだろうか？　ときとしてきみは、夜の静寂のなかで、そういう思いに駆られることもあるのではないか？」無上に優しい声音で、レクター博士はたずねた。

クラリスは頭をあげて、真っ向から彼の顔を見た。「あなたはいろいろなことを見抜けるんですね、レクター博士。いまおっしゃったこと、わたしは何ひとつ否定しようとは思いません。でも、あなたの意向はともかく、いまこの場で、あなたに答えていただきたい問いがあります。あなたはその鋭利な洞察をあなた自身に向けるだけの強さを持っているのかしら？　生易しいことではありませんよね、自分を直視するのは。この数分間に、わたし、それに気づいたんです。いかが？　自分自身を見つめて真実をお書きになっては。これ以上に適切な、もしくは厄介なテーマって見つけられます？　あなたは自分自身を恐れているのかもしれないけれど」

「きみはタフだな、スターリング捜査官？」

「たぶんね、ええ」

「そしてきみは、自分を平凡な人間だとは思いたがらない。そう思うと、胸が痛むんだろう？　どうしてどうして！　きみは平凡な人間にはほど遠いぞ、スターリング捜査官。きみはただ、それを恐れているだけだ。きみのネックレスのビーズのサイズはどれくらいだ、七ミリかね？」

「七ミリです」

「いいことを教えよう。孔《あな》のあいた、ばらの虎目石《タイガーアイ》をいくつか手に入れて、金色のビーズと交互に糸に通すんだ。二個に三個でも、一個に二個でも、きみの好きな配列になるようにすればいい。虎目石にはきみの目の色と髪の艶《つや》がうつるはずだ。これまで、だれかにヴァレンタインの贈り物をもらったことがあるかね？」

「ええ」

「もう四旬節に入っている。あと一週間でヴァレンタイン・デイだ。どうだい、贈り物はもらえそうかい？」

「何とも言えません」

「そう、何とも言えない……わたしはヴァレンタイン・デイのことを考えていたんだが。ある滑稽《こっけい》な思い出が甦ってきてね。考えてみると、ヴァレンタイン・デイに、きみをとても幸せな気分にさせてやってもいいんだ、クラリス・スターリング」

「どうやってですか、レクター博士？」

「素晴らしいギフトをきみに贈ることによって、さ。ま、考えてみよう。では、きょうはこのくらいにしてくれ。さようなら、スターリング捜査官」

「で、調査のほうは？」

「あるとき、一人の国勢調査員がわたしを数値化しようとしたことがある。わたしはこくのあるアマローネ・ワインをやりながら、ソラマメを添えて、彼の肝臓を食べてやったよ。さあ、もう学校にもどりたまえ、スターリング訓練生」

あくまで礼儀正しいハンニバル・レクターは、クラリスに背を向けるようなことはしなかった。ネットから後ずさるとまたベッドのほうを向いて、その上に仰臥《ぎょうが》する。その姿は墓の上に横たわる十字軍兵士の石像のように彼女から遠く隔たった存在となった。

クラリスは急に、体が空っぽになったような気がした。まるで体中の血を抜かれてしまったかのように。必要以上に時間をかけて書類をブリーフケースにもどしたのは、すぐに立ちあがれるかどうか、脚に自信が持てなかったせいだ。何よりも、うとましい敗北感に、彼女は体の芯《しん》まで漬かっていた。椅子《いす》をたたんで、物入れの戸に立てかける。これからまた、ミッグズの前を通らなければならない。バーニーは通路のずっと向こうで何かに読みふけっている様子だった。声をかけて、ここまできてもらおうか。あのミッグズのやつ。市中で毎日、建築作業員やだらしない配達員たちの前を通るときのほうが、まだしもマシだった。クラリスは通路を引き返しはじめた。

すぐそばでミッグズが低い声で言った。「おれ、手首を嚙《か》んだんだぜ、死ねえええるように――ほら、こんなに血が出てんだろ？」

やはりバーニーを呼んだほうがよかったのだ。びっくりして監房の中を覗《のぞ》き込むと、ミッグズが指で何かをはじき飛ばした。よけるまもなく、頰から肩に生温かいものが飛んできた。

ミッグズの前から身をひるがえし、それが血ではなく精液だと覚《さと》ったとき、レクターが呼んでいた。その声が聞こえた。背後から呼びかけるレクター博士の声は、切りつけるような、ざらついた調子を帯びていた。

「スターリング捜査官」

彼は立ちあがって、遠ざかるクラリスの背に呼びかけていた。クラリスはハンドバッグをさぐってティシューを探した。

その背後から、「スターリング捜査官」

クラリスもいまは冷静な自分をとりもどし、しっかりした足どりで出口に向かっていた。

「スターリング捜査官」レクターの声は、それまでにない調子を帯びている。

クラリスは立ち止まった。こんな目にまで遭って、わたしはいったい何をしたがっているのだろう？　ミッグズが何か低い声で言ったが、聞く耳持たなかった。

再びレクターの監房の前に立つと、博士は動揺していた。それはめったに見られないはずの光景だった。何が自分に付着したのか、彼は臭《にお》いでわかるはずだ。どんな臭いでもかぎつけることができるのだから。

「やんぬるかなと思うよ、きみをああいう目に遭わせて。非礼な振る舞いは言葉にできぬほど醜悪なことなのだ、わたしにとっては」

人を殺すことによって、自分のもっと瑣末《さまつ》な蛮行はすでに浄化されたのだ、と言っているようにも聞こえた。それとも、わたしがこういう仕打ちをされたのを見て興奮したのだろうか、とクラリスは思った。わからない。いっとき彼の目に浮かんだ火花は、洞窟《どうくつ》を舞い降りる蛍のように、彼の暗い心の奥に消えてゆく。

レクターを動かしたものがなんであろうと、利用するのよ、さあ！　クラリスはブリーフケースをかざした。「お願いです、どうかこれを」

すでにタイミングを失したかもしれない。彼は平静をとりもどしていた。

「断る。だが、ここにきた甲斐《かい》があった、ときみに思わせてあげよう。別のものを与えるよ。きみが最も嬉《うれ》しがるものをな、クラリス・スターリング」

「というと、レクター博士？」

「昇進だよ、もちろん。これで万事うまくいく――実に嬉しいね。ヴァレンタイン・デイで思いついたんだが」小さな白い歯の上にこぼれた笑みの理由は、いくらでも考えられた。どうにか聞きとれるような低い声で、レクターは言った。「ヴァレンタインの贈り物代わりに、ラスペイルの車の中を覗いてみたまえ。聞こえたかね? ヴァレンタインの贈り物代わりに、ラスペイルの車の中を覗くんだ。さあ、もういったほうがいい。ミッグズがたとえ尋常ではないにしろ、まだ二度目はできんだろう、どうだね?」

4

クラリス・スターリングは興奮し、疲れ切って、気力だけで動いていた。自分に関するレクターの指摘は、的中している点もあれば、単に真実めいた響きを帯びているにすぎない点もあった。数秒というもの、まるでキャンピングカーに乱入した熊《くま》が棚のものを叩《たた》き落とすような勢いで、馴染《なじ》みのない意識が頭の中を暴れまわった。

母に関してレクターに言われたことは腹立たしかったが、いまは怒りを押し殺さなければ。これは仕事なのだから。

病院の向かい側に駐めたオンボロのフォード・ピントの運転席で、クラリスは深呼吸した。窓が吐息で曇ると、歩道からちょっぴりプライヴァシーを守ることができた。

ラスペイル。その名前は記憶にあった。レクターのかつての患者であり、彼の犠牲者の一人でもある。レクターの背景資料に目を通す時間は、ほんの一晩しかなかった。ファイルは膨大で、ラスペイルは大勢の犠牲者の一人だった。もっと細かいデータを頭に入れなければ。

とにかく、すぐにでも動きだしたい。が、逸《はや》り立つ気持は焦《あせ》りから生じているのだとわかっていた。ラスペイルの件は何年も前に解決している。いま危険にさらされている人間は一人もいないのだ。時間は十分ある。先に進む前に、情報と助言をたっぷり仕入れて熟慮したほうがいい。

ひょっとすると、クロフォードはこの件を自分からとりあげて他の人間にまわすかもしれない。その可能性は頭に入れておいたほうがいい。

クロフォードには公衆電話から連絡をとろうとしたのだが、彼は司法省の予算獲得の説明のため、下院歳出小委員会に出向いているところだった。

事件の詳細な資料はボルティモア郡警察殺人課から入手できるだろう。だが、単なる殺人はＦＢＩが担当する犯罪ではない。すぐに自分からとりあげられてしまうだろう。それは間違いない。

クラリスは車でクワンティコに、落ち着いた茶色い格子《こうし》柄のカーテンのかかった行動科学課に、もどった。そこには凄惨《せいさん》な事件のぎっしりつまった灰色のファイルが並んでいる。そこで夜遅くまで、最後の秘書が帰った後までこもって、レクター関係のマイクロフィルムを綿密に見ていった。扱いにくい旧式のヴューアーが、暗くした部屋の中で鬼火のように青白く輝き、文字や写真のネガがクラリスのひたむきな顔をよぎってゆく。

ラスペイル、ベンジャミン・ルネ、白人男性、四十六歳。ボルティモア管弦楽団の第一フルート奏者で、精神科の開業医ハンニバル・レクター博士の患者だった。一九七五年三月二十二日、彼はボルティモアでの公演に現れなかった。死体は三月二十五日、ヴァージニア州フォールズ・チャーチ近郊の、小さな鄙《ひな》びた教会の会衆席に着座しているかたちで発見された。モーニングに白ネクタイをつけただけの格好だった。検死の結果、ラスペイルの心臓が突き刺されており、胸腺《きょうせん》と膵臓《すいぞう》が摘出されていることが判明した。

肉の加工に関してなら、幼時から知らなくていいことまで知って育ったクラリスは、欠けている臓器が食用の仔牛《こうし》の、スイートブレッドと呼ばれる部分に相当するものと、判断できた。

ボルティモア郡警察殺人課は、それらの臓器が、ラスペイルの失踪《しっそう》の翌晩にボルティモア管弦楽団の理事長と指揮者のためにレクターが用意した夕餐《ゆうさん》に含まれていたと信じている。

ハンニバル・レクター博士は、一連の問題については一切関知していないと明言した。管弦楽団の理事長と指揮者はレクター博士の用意した夕餐の内容は思いだせないと証言しているが、レクターは美味な料理を供することで有名だし、グルメ雑誌にも多くの文章を寄稿している。

その後、管弦楽団の理事長は、バーゼルのホリスティック神経療養所で拒食症とアルコール依存症関連の症状の治療を受けた。

ボルティモア郡警察の言明によれば、ラスペイルはレクターの、現在判明している九人目の犠牲者だという。

ラスペイルは遺書を残さずに死んだので、遺産をめぐる親族間の訴訟合戦が新聞をにぎわすことになり、それは世間の関心が薄らぐまで何ヶ月もつづいた。

ラスペイルの親族は、レクターの診療を受けていた他の犠牲者たちの遺族とも連携して訴訟を起こし、あの不届きな精神科医の診療ファイル並びにテープを焼却させた。彼がこの先どんなに不都合な秘密も洩《も》らしかねないから、というのが彼らの論拠だった。一連のファイル類は証拠書類でもあったのだが。

裁判所からはラスペイルの顧問弁護士、エヴェレット・ヨウが遺産管財人に指名されている。

クラリスが問題の車の内部を調べるには、ヨウ弁護士の許可を得なければならないだろう。ヨウはラスペイルの死後の名声を守ろうとするかもしれないし、あらかじめ連絡して時間的余裕を与えれば、亡《な》き依頼人に不利な証拠の隠滅を図るかもしれない。

ここはむしろ強行突破したほうがいい、とクラリスは思った。それには上司の助言と許可を要する。いま行動科学課にいるのは彼女一人で、何をするのも自由だった。

クロフォードの自宅の電話番号は、名刺整理機のローロデックスを調べて見つけた。

電話の呼出し音がまったく聞こえないうちに、突然、彼の声が耳元で響いた。冷静そのものの落ち着いた声だった。

「ジャック・クロフォードだ」

「クラリス・スターリングです。お食事の最中でなければいいのですが……」その先は物言わぬ相手に向かって話しつづけることになった。「……実はきょう、レクターがラスペイルの件についてヒントを与えてくれまして。わたしはいまオフィスで、その件を調べているところです。ラスペイルの車の中に何かがあると言うんですね。車を調べるには彼の弁護士を通す必要があるんですけど、明日は土曜日で――授業がありませんし――それで、課長の許可を――」

「レクターから情報をつかんだらどうすべきか、わたしが与えた指示について、すこしでも覚えているか、スターリング？」クロフォードの声はぞくっとするほど静かだった。

「日曜の午前九時までに、あなたに報告書を提出する」

「そうしたまえ、スターリング。そのとおりにしたまえ」

「わかりました」電話が切られた後のツーッという音が、突き刺さるように耳に響いた。その余韻は顔に広がり、瞼《まぶた》の裏が熱くなった。

「ええ、ええ、ご立派だわよね」クラリスは声に出して言った。「勝手にお偉いさんぶりゃいいんだわ。課長がなによ、まったく。ミッグズにあれを飛ばしてもらって、どんな気分か味わってみればいいいんだ」


全身がつやつやになるくらいごしごし洗って、FBIアカデミーのナイトガウンを着たクラリスが、報告書の二番目の下書きに手を入れていると、寮のルームメイトのアーディリア・マップが図書室からもどってきた。マップの丸い、褐色の、ごく平静な顔は、その日のクラリスにとって、何より心やすらぐ眺めの一つだった。

アーディリア・マップはクラリスの疲れた表情に目を留めた。

「何があったの、きょうは？」マップはいつも、どんな返答だろうと気にしないから、と思わせるような問いかけ方をする。

「ある狂人に取り入ろうとしていたら、精液を体中にかけられてしまったの」

「あたしも、そんな社交生活を送る時間があればいいんだけどなぁ——あんた、よくそんな時間があるわね、おまけに授業まで受けてるんだから」

気がつくとクラリスは笑っていた。アーディリア・マップも自分のささやかなジョークに合わせて、一緒に笑っていた。クラリスは笑いつづけた。いつまでも、いつまでも笑いつづける自分の声を、彼女は遠くのほうに聞いていた。涙を通して見るマップの顔は奇妙に老成していて、その笑みは悲哀を宿していた。

5

今年五十三歳になるジャック・クロフォードは、自宅の寝室の低いスタンドのわきに置かれたウィングチェアで読書をする。目の前の二つのダブルベッドは、いずれもブロックを下にかませて、病院のベッドの高さにしてある。一つは彼のベッド。もう一方に妻のベッラが横たわっている。彼女の寝息がクロフォードには聞こえる。ベッラが最後に身じろぎし、彼に話しかけてから、すでに二日たっている。

ベッラの呼吸が途切れると、クロフォードは本から顔をあげ、ハーフグラスの上から彼女のほうを見る。そして本を置く。ベッラがまた呼吸をする。ふっと短く息を吐いてから、またふつうの呼吸にもどる。クロフォードは立ちあがって妻に手を添え、血圧と脈拍をはかる。この数ヶ月で、彼は血圧計の測定バンドの扱いのヴェテランになった。

夜間は妻のそばを離れたくないので、彼女のベッドの隣りに自分のベッドを据えたのである。　闇の中で妻のほうに手をのばすこともあるから、ベッドの高さも揃えてあった。

ベッドの高さと、ベッラの快適な日常に必要な最小限の配管を除いて、クロフォードはこの部屋が病室に似ないように心を砕いてきた。花はあるが、多すぎはしない。薬も目につくところには置かれていない——妻を病院からつれもどす前に、クロフォードは廊下のリネン用戸棚の中を空けて、彼女の薬品や器具類を全部そこにつめておいた（妻を抱いていまの家の門をくぐるのは、それが二度目だった。そう思うと、彼は不覚の涙をこぼしそうになった）。

南から温暖前線が北上している。窓はひらいていて、心地よい爽《さわ》やかなヴァージニアの風が吹き込んでくる。闇の中で、小さな蛙《かえる》たちが互いに鳴き交わしている。

室内は汚れ一つないが、カーペットがけばだちはじめている——クロフォードは騒々しい電気掃除機を使うつもりはなく、性能は落ちても手動のカーペット掃除機を使うことにしている。忍び足でクローゼットに歩み寄り、ライトをつける。ドアの裏にはクリップボードが二つかかっている。その一つにはベッラの脈拍と血圧の値を書き込む。何枚もの黄色いページの欄に、幾日も幾夜にもわたって、彼の書き込む数字と日勤の看護師の書き込む数字が並んでいる。もう一つのクリップボードには、日勤の看護師の署名入りで、ベッラへの投薬の経過が記されている。

いまではクロフォードは、夜間にベッラが必要とする投薬措置を何でもこなすことができる。妻を病院からつれ帰るのに先立ち、彼は看護師の指示に従って、最初はレモンに、次いで自分の太腿《ふともも》に注射をして、練習を重ねたのだ。

妻の上にかがみこんで、クロフォードは三分ほど顔を見下ろしていただろうか。波紋《モ》織《ワ》り《レ》の美しいシルクのスカーフが、ターバンのように彼女の髪を覆《おお》っている。ベッラ自身が、訴える気力が衰えるまで、そうしてくれと頼んだのだ。いまではクロフォードがそうしてくれと頼んでいる。彼はグリセリンで妻の唇をしめらせ、太い親指の腹で目の隅の小さなゴミをとってやる。妻は身じろぎもしない。まだ体の向きを変える時ではない。

鏡の前でクロフォードは自分に言って聞かせる。おれは病んではいない。妻と共に埋葬されることはない。おれ自身はまだ元気だ。そう思っている自分にふと気づいて、彼は恥ずかしくなる。

椅子《いす》にもどってみると、どの本を読んでいたのか思いだせない。わきの何冊かの本をまさぐって、まだぬくもりの残っているものを探す。

6

月曜日の朝、クラリス・スターリングはクロフォードからの次のようなメモが郵便受けに入っているのを見つけた。

CS宛《あて》

ラスペイルの車の件、進めたまえ。公務とは別に。長距離電話用クレジットカードの番号を、わたしのオフィスが用意する。遺産管財人と連絡したり、どこかに出かける前に、わたしに知らせてくれ。水曜日午後四時に報告すること。

きみの署名入りのレクター報告書は、長官に提出しておいた。いい働きをしてくれたね。

JC
SAIC／八課

クラリスはかなり気をよくした。彼女にはわかっていた、吟味され尽くした事件をクロフォードが自分に課したのは訓練のためなのだということが。けれども同時に、彼は自分に学ばせようとしている。自分にいい成果をあげさせたがっている。クラリスにとっては、なまじ丁重に扱われるより、そっちのほうがずっと重要だった。

　ラスペイルが死んで、すでに八年たっている。そんな長期間、車の中に残存し得る証拠などあるものだろうか？

　自動車は価値が急速に下がるため、遺族が遺言の検認前に車を売却して代金を第三者預託にするのを、控訴裁判所は阻《はば》まない。そのことは、自分の一家の経験からクラリスも承知していた。だから、ラスペイルの遺産のように、たとえ遺族間の複雑な利害がからんでいようと、そもそもこれだけ長期間、一台の車が売却されずに残っているとは考えにくいのだ。

　また、時間が足りないという問題もある。昼食時を利用する場合、世間一般の営業時間内に電話をかけられる時間は一日に一時間十五分しかない。クロフォードに報告するのは水曜日の午後と決まっている。昼休みと自習時間を電話調査に当て、その分の勉強は夜したとして、問題の車を割り出すのに使えるのは三日間で合計三時間四十五分ということになる。

クラリスは〝捜査手続き〟の授業でいい評価を受けているから、あとで教官に一般的な質問をする機会が与えられるはずだった。

月曜の昼休みにボルティモア郡庁舎に連絡したのだが、三度電話して三度とも職員に待たされたあげく、そのまま忘れられてしまった。で、自習時間にまた電話したところ、こんどは親切な書記がラスペイルの遺産の検認記録を引っ張り出してくれた。その書記は遺産中の一台の車の転売許可が出た事実を確認してくれたうえ、車種と製造番号、転売後のオーナーの名前を教えてくれた。

翌火曜日、クラリスは昼休みの半分をつかってそのオーナーの連絡先をあたった。昼休みの残り半分を費やしてわかったのは、車の製造番号ではなく、登録番号か現在のプレート・ナンバーがわからないとメリーランド州自動車局は現オーナーの連絡先を特定できない、という事実だった。

その日の午後、突然の豪雨に襲われて、訓練生たちは射撃練習場から屋内に逃げ込んだ。濡《ぬ》れた服や汗で湯気のたちこめている会議室で、元海兵隊員の射撃教官ジョン・ブリガムは、クラス全員の前でクラリス・スターリングの握力をテストすることにした。スミス・アンド・ウェッソン・モデル19の引き金を六十秒間に何回引けるか試すのだ。

　クラリスは左手で七十四回引き、目にかかった一筋の髪をふっと吹き払ってから、別の訓練生がカウントするなか、こんどは右手で引きはじめた。引き金に指をかけた利《き》き手をもう一方の手で握るウィーヴァー・スタンスでかまえて、足をぐっと踏ん張る。照星《フロント・サイト》に目の焦点を絞り、照門《リア・サイト》と前方の仮設の標的は適当にぼやけさせておく。三十秒ほどたったとき、苦痛から意識をそらせようと別のことを考えた。壁の標的に目の焦点が絞られた。標的は州際通商委員会警備部からジョン・ブリガム教官に贈られた感謝状だった。

　別の訓練生はリヴォルヴァーの引き金がカチッと引かれる音を数えている。それを意識しながら、クラリスは口の端でブリガムに質問した。

「車種と製造番号しかわかっていない車の……」

「……六十五、六十六、六十七、六十八、六十……」

「登録番号を探り出すには……」

「七十八、七十九、八十、八十一……」

「……どうすればいいんでしょう？　現在のプレート・ナンバーもわからないんですが」

「……八十九、九十。タイムアップ」

「よし、みんな」ブリガムは言った。「いまの記録を頭に留めておいてくれ。正面切っての銃撃戦で物を言うのは握力なんだ。きみら男子生徒の中には、次に指名されるのは自分じゃないかとビクついている者もいるだろう。その不安ももっともだ――右手でも左手でも、スターリングの成績は平均をはるかに上回っているからな。それはスターリングが日頃から鍛えているからだ。彼女は、諸君がだれでも使える、あの小さな握力トレーニング器で鍛えている。諸君の大半が握り慣れているものの堅さは、せいぜい諸君の……」海兵隊ならではの猥雑《わいざつ》な言い回しを控えるよういつも自戒しているブリガムは、そこで頭を絞ると、いくぶんでも品のいい言葉を思いついた。「……ニキビくらいのものだろう。もっと気合を入れろ、スターリング。きみだって、まだ記録を伸ばせるはずだ。卒業するまでに、左手の記録を九十以上に伸ばしてほしいものだ。よし、みんな、二人一組になって、相手の時間を計るんだ――さあ、急げ。きみはいいぞ、スターリング、こっちへきてくれ。その車だが、他にどんなことがわかってるんだい？」

「それが、製造番号と車種だけなんです。持ち主は五年前に一人いただけで」

「なるほど。いいかい、たいていの人間がドジる——いや、つまずくのは、登録番号を頼りに転売後のオーナーを割り出そうとするからなんだ。そのやり方だと、州が変わるとお手上げになってしまう。警官ですら、そういうミスをときどきおかす。しかも、コンピュータに入っているのは登録番号とプレート・ナンバーに限られている。われわれはみんなプレート・ナンバーや登録番号に目がいってしまいがちで、製造番号を見逃してしまうのさ」

青い銃把の練習用リヴォルヴァーのカチッ、カチッという音が部屋中に響いているため、彼は余儀なくクラリスの耳元で声を張りあげた。

「簡単な方法が一つある。市の人名録を発行しているR・L・ポウクという会社があってね、車種と製造番号から引ける車の登録番号のリストも公《おおやけ》にしているんだよ。そういうリストを公にしているのはそこしかない。車のディーラーもそのリストを使って広告の舵《かじ》取《と》りをしているくらいでね。ところで、どうしてぼくに訊《き》けばわかると思ったんだ？」

「あなたは州際通商委員会の警備部にいらっしゃったことがありますよね。だから、たくさんの車を追跡調査したことがあっただろうと思ったんです。ありがとうございました」

「じゃあ、貸しを返してもらうぞ——その左手をもうすこし鍛えて、あのやわな指をした連中を赤面させてやろうじゃないか」

　自習時間にまた電話ボックスに入ると、クラリスの両手はわなわなと震えてしまい、まともに読める字が書けなかった。ラスペイルの車はフォードだった。ヴァージニア大学の近くにフォードのディーラーがあるのだが、そこの店長はもう何年も辛抱強くクラリスのピントの修理にあたってくれている。こんども彼は同じように辛抱強くポウク社のリストをあたってくれた。電話にもどった彼は、ベンジャミン・ラスペイルの車を最後に登録した人物の名前と住所を教えてくれた。

　さあ、いけ、クラリス。クラリスは急所をつかんだんだから。あれこれ逡巡《しゅんじゅん》するのはやめて、男の自宅に電話をかけよう。住所は、アーカンソー州、ディッチ・ナンバー9。そこまで出張する許可を、クロフォードは絶対に出してくれないだろうな。でも、すくなくとも、あの車を持っている人物は確認できるはず。

　だれも出ない。二度目も出ない。呼出し音の響きも奇妙だった。共同加入線の電話のように、ずっと遠くのほうでダブって聞こえる。夜になって、またかけてみたのだが、やはりだれも出なかった。

　水曜日のお昼休み、クラリスの呼びかけに男の声が応《こた》えた――。

「こちら、オールディーズ専門のWPOQ局」

「もしもし、そちらに――」

「アルミの羽目板は要らねえぞぅ。フロリダのトレーラー・パークで暮らすのもお断りだぁ。他に何を売り込みたい？」

　男の声はアーカンソーの高原地方の訛《なま》りが相当強かった。その気になれば、クラリスはだれとでもその訛りに合わせてしゃべることができる。時間も限られていた。

「ええ、ちょっとお願いがあるんですがぁ。ロマックス・バードウェルって人、探してるんだけどぉ。あたし、クラリス・スターリングっていうの」

「スターリングなんとかだって、言ってるぞぉ」家の他の連中に向かって、男はどなった。「で、バードウェルに何の用だい？」

「こちら、フォードのリコール部門の中南部オフィスなんですがぁ。バードウェルさんのフォードLTD、無料の修繕保証資格があるんですよぉ」

「バードウェルはおれだあな。てっきりあんた、安い長距離電話で何か売り込んできた、と思ったもんでよぉ。いいかい、もう部分的な修理なんざ手遅れなんだよ。車一台、まるごととっかえてもらわねえと。女房と二人でリトル・ロックにいってさぁ、サウスランド・モールから車で出ようとしていたと思ってくれよ」

「ええ、ええ」

「そうしたら、馬鹿《ばか》ったれロッドがオイルパンを突き抜けちまってよぉ。そこらじゅうオイルだらけになっちまったところへ、害虫駆除のオーキン社のトラックがやってきたんだ、ほら、屋根にでっかい虫の模型をのっけて走ってるトラックよ。そいつがオイルでスリップして横倒しになっちまった」

「あらぁ、どうしましょ」

「で、DPE屋のフォトマットのブースを土台からふっ飛ばしちまって、ガラスも割れちまう始末。中にいた係の男がふらふらになって出てきてよぉ。そいつがオイルだらけの路面に出ないよう、こっちは懸命に押さえなきゃなんなかったんだ」

「まあ、驚いた。で、どうなったんですぅ？」

「どうなったって、何が？」

「おたくのお車」

「車のスクラップ場のバディ・シッパーに電話して、言ってやったさ、引取りにきてくれるんなら五十ドルで売ってやるぜ、ってな。やっこさん、あれをバラバラにしちまったろうよ」

「その人の電話番号、教えてもらえますぅ、バードウェルさん？」

「あんた、シッパーに何の用があるんだい？　この件でだれか得する者がいるなら、そいつはこのおれでなきゃな」

「わかってますよぉ。あたしはただ、言いつけられたことを五時までやってるだけで。あの車をどうしても見つけろ、と言われてましてぇ。電話番号、わかりますぅ？」

「電話帳がどっかにいっちまってさ。しばらく前からめっからないのよぉ。ちっちゃい孫どもは、手に負えねえからな。本局に訊きゃ教えてくれるだろうよ、シッパー・サルヴェージって名前だから」

「恩に着ますぅ、バードウェルさん」

その車はたしかに解体され、鉄の塊に圧縮されてリサイクルにまわされた、とスクラップ場は教えてくれた。現場監督が車の製造番号を帳簿で調べて、クラリスに読みあげてくれた。

どうなってんのよぉ、まったく。アーカンソー訛りから抜け切らないまま、クラリスは思った。どんづまり。なんてヴァレンタインだろう、本当に。

電話ボックスの冷たいコイン・ボックスに、ひたいをのせた。アーディリア・マップが本を腰に押さえつけて電話ボックスのドアをコツコツと叩《たた》き、オレンジ・クラッシュを差し入れてくれた。

「ありがとぉ、アーディリア。もう一本、電話をかけなきゃなんないのぅ。休み時間中にすんだら、カフェテリアで追いつくから、ね？」

「そのゾッとするような訛り、なんとか直してくれるだろうと思っていたのに」マップは言った。「直すのに役立つ本はいくらでもあるじゃない。あたしなんか、公営住宅暮らしのときに身についたどぎつい訛りはぜったいに使わないようにしてるんだ。いつまでもそういう訛りでしゃべっていると、骨の髄まで田舎者なんだって思われちゃうよ」マップは電話ボックスのドアを閉めた。

この際、レクターからもっと情報を引き出したほうがいい、とクラリスは思った。先に面会の予約をとっておけば、あの病院への再訪をクロフォードも許可してくれるかもしれない。クラリスはチルトン院長の番号をダイアルした。が、彼の秘書が行く手に立ちはだかった。

「チルトン先生は検視官と地方検事補と用談中です」彼女は言った。「あなたの上司と、もうお話しずみなので、あなたにお話しすることは何もないはずです。では」

7

「きみの友人のミッグズが死んだぞ」と、クロフォードは言った。「きみはわたしに、万事ありのままに報告したのか、スターリング？」クロフォードの疲れた顔は、首の飾り羽を逆立てたフクロウのように他者の感情の動きに冷淡で、優しさはみじんもなかった。

「いったい、どうして？」クラリスは唖然《あぜん》としたものの、なんとか切り抜けなければ、と思った。

「夜明け前に舌を嚙《か》み切ったんだ。レクターがけしかけたとチルトンは見ている。レクターが低い声でミッグズに話しかけているのを、夜勤の用務員が耳にしているんだ。ミッグズの病状に精通していたからね、レクターは。すこしのあいだミッグズに話しかけていたらしいんだが、その内容までは用務員にも聞きとれなかったようだ。ミッグズの泣く声がしばらく聞こえていたと思うと、ふっと止まったらしいんだな。きみはわたしに一切合財報告したのかい、スターリング？」

「はい。報告書とわたしの添付したメモに、一部始終書いておきました。ほとんど一語一句ありのままに」

「チルトンが電話してきて、きみに関する苦情を申し立てたよ……」クロフォードは言葉を切り、何も問い返そうとしないクラリスに満足したようだった。「きみのとった行動には何の問題もないと思う、と言っておいた。チルトンは、人権侵害の調査を未然に食い止めようとしているらしい」

「そういう調査の可能性はあるんですか？」

「もちろん、あるとも、もしミッグズの遺族が要求すれば。人権局が今年予定している同種の調査は八千件にのぼるだろう。ミッグズの件も喜んで予定に加えるだろうさ」じっとクラリスの顔に目を凝らして、「どうした、大丈夫かい？」

「ミッグズの件、どう受け止めればいいのかわからなくて」

「別にどう受け止める必要もないさ。どうせレクターは面白がってやったんだろうから。自分にはだれも手出しできないんだから、やってやれ、という気分なんだろう。罰といっても、手元の本とトイレの便座をしばしチルトンからとりあげられるくらいが関の山だろうし。それと、インスタント・ゼリーのジェロをもらえなくなる程度かな」腹の上で両手を組むと、両の親指を見比べながら、「わたしのことを何か訊いたんだろう、レクターは？」

「あなたは多忙かどうか、訊きました。多忙だ、と答えておきました」

「それだけかい？　わたしが見たら不愉快だろうと思って、報告書から何か個人的な事柄を省いたということは？」

「ありません。あなたはストイックだとレクターは言いましたけど、それはちゃんと書いておきましたし」

「ああ、たしかにね。ほかには？」

「ありません。報告書にはすべてありのままに書きましたから。わたしが彼と俗な噂《うわさ》話に興じたとは、課長も思っていらっしゃらないでしょうね。そんな世間話をしたくて彼がわたしと話したんだろう、などとは」

「ああ、思っていない」

「課長の個人的なことなんて、わたし、何も知りませんし、仮に知っていたとしても、そんなことを話題にするつもりはありません。信じられないとおっしゃるなら、いま、ここではっきりさせませんか」

「いや、その点は満足しているよ。次の問題に移ろう」

「課長は何かひっかかってるんですね、それで――」

「次の問題に移ってくれ、スターリング」

「ラスペイルの車に関するレクターのヒントは、行き詰まりました。車は四ヶ月前、アーカンソー州ディッチ・ナンバー9で鉄の塊に圧縮され、リサイクル用に売却されているんです。あの病院にもう一度もどってレクターと話すことができれば、別のヒントを教えてもらえるんじゃないかと思うのですが」

「いまや手がかりは尽きたというわけか？」

「はい」

「どうして、ラスペイルは日頃乗りまわしていた車しか持っていなかったと思うんだい？」

「登録されていたのはその車だけでしたから。それに彼は独身でしたので、わたしなりに推測して、当然――」

「なるほど、ちょっと待ってくれ」クロフォードの人差し指は、二人のあいだの空間に浮かぶ、目に見えない信条をさした。「きみは当然と思い込む。それは当然だ、と推測するわけだな、スターリング。いいかね」クロフォードは法定用紙に、推測、と書いた。クラリスの教官の何人かはクロフォードのその習慣を真似《まね》ているが、そういうやり方を前に見ていることをクラリスは敢《あ》えて口にしなかった。

クロフォードは語調を強めはじめた。「きみに何か任務を与えたとき、すべて当然ときみが推測（assume）したら、それこそ当然のことながら、きみ（u）とわたし（me）は世間の笑いもの（ass）になりかねないんだ」得意げな顔で椅子《いす》にもたれかかった。「いいかい、ラスペイルは車のコレクターでもあったんだよ。きみは知ってたか、そのことを？」

「いいえ。そのコレクションはいまも遺産に含まれているんですか？」

「さあ、わからん。その点、なんとか突き止められると思うか？」

「ええ、できます」

「じゃあ、どこから手をつける？」

「ラスペイルの遺産管財人です」

「たしか中国系で、ボルティモアで弁護士をやっていると思ったな」

「エヴェレット・ヨウですね」クラリスは言った。「ボルティモアの電話帳にのっています」

「ラスペイルの車を調べる際、令状が必要かどうか考えたことはあるかい？」

クロフォードの声音を聞いていると、クラリスはときどき『不思議の国のアリス』

に出てくる物知り顔のイモムシを連想することがある。

彼女は敢えて同じような声音で答えることは控えた。「ラスペイルは故人であり、何の犯罪容疑もありませんから、車を調べる許可さえ管財人から得ていれば、それは合法的な捜索と言えるんじゃないでしょうか。その結果は他の法的な事柄の証拠としても許容されるはずです」

「そのとおり」クロフォードは言った。「では、こうしよう——わたしはきみが向こうに出向くことをボルティモア支局に連絡しておく。土曜日にな、スターリング、きみの個人的な時間を利用していってきたまえ。いい結果をさぐってくるといい、もしそういうものがあったら」

クロフォードはちょっとした動作をして、立ち去る彼女の後ろ姿を見ずにすませた。彼は屑籠《くずかご》から、まるめた藤色《ふじいろ》の分厚い紙を指で挟んでとりあげたのだ。それをデスクに置いてひろげた。妻に関することが、流麗な筆跡で書かれていた。

いかなる炎がこの世を焼き払うのかと
言い争う諸家は
彼女の熱こそはそれかもしれぬと

思ってみるほどの叡智《えいち》もなかったのか
ベッラのこと、衷心から同情しているよ、ジャック
ハンニバル・レクター

8

エヴェレット・ヨウの運転する黒いビュイックのリア・ウィンドウには、デポール大学のステッカーが貼《は》ってあった。彼の重みでビュイックはわずかに左に傾いている。クラリス・スターリングは雨の中、ボルティモアからずっと彼の後を追っていた。周囲はほとんど暗くなっていた。捜査官としての彼女の一日はもう終わりかけていて、さらに一日をこの仕事にあてられる見込みはない。三〇一号線を這《は》うように進む車に囲まれ、ワイパーの動きに合わせてコツコツとステアリングを叩きながら、クラリスは苛立《いらだ》ちを抑えていた。

ヨウは知的な男性だが肥満体で、呼吸が苦しげだった。見たところ、年齢は六十歳くらいだろうか。これまでのところは協力的だった。遅くなったのは彼のせいではない。ボルティモアで弁護士をしているヨウは、その日の午後遅く、シカゴへの一週間の出張からもどってくると、空港から事務所に直行してクラリスに会ってくれたのだから。

ヨウの説明によれば、ラスペイルのクラシックなパッカードは彼の死ぬだいぶ前から倉庫に預けられていたという。未登録のまま、一度も運転されたことがない。カヴァーをかけられて保管されているその車を、ヨウはたった一度見たことがあるとのことだった。ラスペイルが殺害された直後、遺産目録作成のために、その存在を確認する必要があったのだ。亡《な》き依頼人の利益を損なうようなものを何か見つけたら、それを〝遅滞なく明示する〟ことにスターリング捜査官が同意してくれるなら、車をお見せしてもいい、とヨウは言ってくれた。令状や立会人を用意するというような面倒な手続きは要らない、とのことだった。

ＦＢＩの駐車場から一日借り出した、携帯無線電話付きのプリマスの運転を、クラリスは楽しんでいた。クロフォードが出してくれた新しいＩＤカードも彼女は持っていた。そこにはただ〝連邦捜査官〟とだけ書かれている――有効期間は一週間だった。

いま向かっている先は、市境を六キロあまり越えたところにある〝スプリット・シティ・ミニ・ストーリッジ〟という名の貸し倉庫である。のろのろと進む渋滞を利用して、クラリスはこの倉庫に関する情報を電話で可能な限り収集しようと努めた。〝スプリット・シティ・ミニ・ストーリッジ――鍵《かぎ》の保管はお客様〟というオレンジ色の高い看板を見つける頃には、いくつかの事実を掌握していた。

スプリット・シティ社は、バーナード・ゲイリー名義で、州際通商委員会から貨物運送業の認可を受けている。三年前、ゲイリーは複数の州にまたがる盗品輸送容疑による連邦大陪審の起訴をかろうじて免れ、その免許は現在再審査を受けている。

ヨウは看板の下で道を折れ、門衛の制服姿の、顔にそばかすのある若い男に鍵を見せた。門衛は二台の車のナンバーを控えてから門をあけると、早く通れ、と手を振った。もっと大事な仕事があるんだから、と言わんばかりの仕草だった。

スプリット・シティ社の構内は、風の吹きぬける荒涼たる場所だった。ラ・ガーディア空港からメキシコのフアレスに向かう日曜日の離婚便同様、同社はアメリカ国民の愚かしいブラウン運動に対処するサーヴィス産業と言えよう。社業の大部分は、離婚によって分割された家財の保管である。各区画には居間用の家具、朝食用のセット、しみだらけのマットレス、玩具、それに、失敗した結婚の証《あか》しのような諸々《もろもろ》の写真等が積みあげられている。ボルティモア郡保安官事務所の係官たちの中には、破産裁判所の認定した優良で高価な物品もスプリット・シティ社には隠されている、と見なしている者も数多くいる。

外観は軍の施設に似ている——総面積十二万平方メートルに及ぶ細長い建物群が、

車一台を悠々と収容するガレージ並みの広さのユニットに防火壁で仕切られており、それぞれが巻き上げシャッター式のドアを備えている。賃料はほどほどで、保管品の中には何年も放置されたままの物もある。警備状況は良好。周囲は二重の高い金網で囲まれていて、そのあいだを一日二十四時間、警備の犬が歩きまわって警戒している。

ラスペイルの保管区画、三十一番の扉の下には、紙コップやゴミのまじった濡《ぬ》れそぼった葉が十五センチほどつもっていた。扉の両側には頑丈な南京錠《ナンキン》がかかっている。左側の留め金には封印がしてあった。エヴェレット・ヨウが苦しげに掛け金の上にかがみこんだ。クラリスは傘をさしかけて、懐中電灯で夕闇《ゆうやみ》を照らした。

「五年前にここにきたとき以来、一度もあけられてないようですな」ヨウは言った。「この樹脂に、公証人たるわたしの封印を押しつけた跡が残っているでしょう。あのときは、遺族があれほど激しく争い、遺産処理がこんなに遅れることになろうとは思いもしませんでしたよ」

クラリスが南京錠と封印の写真を撮るあいだ、ヨウは懐中電灯を持って傘をさしかけてくれた。

「ラスペイル氏は市中にオフィス兼スタジオを持っていましてね、それは、遺産から家賃を払わずにすむように、わたしが閉鎖したんですが」ヨウは言った。「ここには家財を運び込ませて、すでに保管されていた車、その他の品と一緒に預けたんです。アップライト・ピアノに書籍や楽譜、それにベッドなどを運び込んだはずですよ」

ヨウは鍵で錠をあけようとした。「錠はみんな錆《さ》びが出ているかもしれない。すくなくともこいつは、しっかり錆びついてしまっているようですな」腰をかがめたまま呼吸するのがいかにも苦しげで、その場にしゃがみこもうとすると、膝《ひざ》がこきっと鳴った。

二つの錠はクロームめっきを施した大型のアメリカ標準タイプのものと知って、クラリスは安堵《あんど》した。見たところ手強《てごわ》そうだが、板金用のネジ釘《くぎ》と釘抜き付きハンマーがあれば真鍮《しんちゆう》のシリンダーを簡単にはずせるはずだった——子供の頃、空き巣狙《ねら》いの手口を父が実演して見せてくれたことがあったのである。問題はハンマーとネジ釘をどうやって見つけるかだ。いまはピントのトランクに常時積んである工具類も使えないのだ。

彼女はハンドバッグをかきまわして、ピントのドア・ロックに使っている解氷スプレーをとりだした。

「お車でちょっとお休みになったらどうですか、ヨウさん？　中でしばらくあたたまっていてください。わたしがやってみますから。傘もどうぞ。もう小雨になりましたから」

　クラリスはプリマスを扉の直前までもってきた。ヘッドライトを利用しようと思ったからだ。ボンネットをあけて、エンジン・オイル計量用のディップスティックを抜きとる。その先端から南京錠の鍵穴にオイルをたらし、解氷剤をスプレーしてオイルを薄めた。ヨウが自分の車の中で微笑して、うなずいた。こういうときは、ヨウが知的な男性なのが嬉《うれ》しい。これなら、特に彼を遠ざけなくとも、任務を遂行できるだろう。

　日はすでに暮れていた。プリマスのぎらつくヘッドライトの光を浴びて、自分の全身が照らし出されているのを感じる。アイドリングをつづける車のファンベルトが、きいきいと軋《きし》んでいるのが聞こえた。エンジンのかかっている車のドアを、一応ロックしておいた。ヨウは無害な人間のようだが、万が一でも、車と倉庫の扉のあいだで押し潰《つぶ》されるような危険は避けたかったのだ。

　南京錠が手中で蛙《かえる》のように跳ねて、はずれたまま地面に転がった。全体がオイルでべとついていた。もう一つの南京錠にはオイルがたっぷりしみこんでいて、ずっと簡単にはずれた。

　倉庫の扉がひらかない。クラリスが懸命に把手《とって》をもちあげているうちに、目の前を赤い斑点《はんてん》が飛びまわった。見かねてヨウが助太刀にきてくれた。が、把手は小さくてうまく握れず、彼はヘルニアを抱えているので、二人合わせても力が足りなかった。

「来週、出直したらいかがでしょう、わたしの倅《せがれ》に手伝わせてもいいし、作業員を何人か使うかして」ヨウは提案した。「きょうはわたしも早く家に帰りたいので」

果たしてもう一度自分がここにもどってこられるかどうか、クラリスは確信が持てなかった。クロフォードにしてみれば、受話器をとりあげてボルティモア支局の人間に任せたほうが手間もかからないのだ。「急いでやりますから、ヨウさん。あなたのお車にバンパー・ジャッキがありますか？」

ジャッキを扉の把手の下に押し込んでから、クラリスはジャッキの把手代わりのラグレンチに体重をのせた。ぞっとするような軋み音を発して、扉が一センチほど上がった。中央部分が上に反っているように見える。もう一センチ、さらに一センチと扉が上がったので、その下にスペア・タイヤをすべりこませた。そうして扉を支えておいて、ヨウのジャッキと自分のジャッキを扉の両端に移し、それぞれを、扉の下端がくいこむ溝の近くに押し込んだ。

両方のジャッキを交互に動かして、扉をじりじりと上げていく。五十センチ近く持ち上がったところで、もうてこでも動かなくなってしまった。全体重をジャッキの把手にかけても、ぴくりとも動かない。

　ヨウがやってきて、クラリスと一緒に扉の下から中を覗《のぞ》き込んだ。ヨウは数秒ほどしかがみこんでいられない。

「ネズミの臭《にお》いがしますな。ここでは殺鼠剤《さっそざい》を使っているから、と会社は請合ったんですがね。契約書にも、そう明記されているはずだ。ネズミはまず見かけない、とのことだったが、動きまわっている気配がしますな？」

「たしかに聞こえます」クラリスは言った。懐中電灯で照らすと、布の覆《おお》いの下に、段ボールの箱や、幅広のホワイトウォールの大きなタイヤが一個見えた。タイヤは空気が抜けていた。

　クラリスはヘッドライトの光が扉の下に差し込むところまでプリマスを後退させてから、ゴムのフロア・マットを一枚とりだした。

「中に入る気ですか、スターリング捜査官？」

「どうしても中を見てみたいんです、ヨウさん」

　するとヨウがハンカチをとりだした。「これでズボンの裾《すそ》を足首に縛りつけてはどうですか？　ネズミがもぐり込まないように」

「ありがとうございます。それは名案ですね。それはそうと、ヨウさん、万が一扉が下がってしまったり、まあ、お笑いですけどね、何か不測の事態が起きたら、恐れ入りますが、この番号に電話していただけます? うちのボルティモア支局です。わたしがあなたとここにきていることは支局のほうでも承知していますし、もうすこしたってわたしから連絡がないと、心配すると思うので。よろしいですね?」

「ええ、もちろん、わかってますとも」ヨウはパッカードのキーをクラリスに渡した。

クラリスは扉の前の濡れた地面にゴム・マットを敷いて、その上に仰向けに横たわった。カメラのレンズにはビニールの証拠品収納袋をかぶせ、ズボンの裾はヨウと自分のハンカチで縛ってある。霧雨が顔にかかり、黴《かび》とネズミの臭いが鼻をついた。そのとき頭に浮かんだのは、どういうわけか、ラテン語の言葉だった。

アカデミーでの訓練の最初の日に、鑑識の教官が黒板に書いた、ローマ時代の医師の座右銘――プリムム・ノン・ノケーレ。まず、害をなすなかれ。

ネズミがうじゃうじゃいるガレージでなら、彼はそんなことは言わなかったはずだわ。

すると突然、兄の肩に手を置いて自分に語りかける父の言葉が甦《よみがえ》った。「遊ぶとき、泣きわめかずにいられないなら、クラリス、家にもどるんだな」

ブラウスの襟のボタンをはめ、両肩をそびやかすように動かすと、彼女はドアの下にすべりこんだ。

　そこはパッカードのボディ後部の下だった。パッカードは屋内の左側の壁に接触しそうなほど近寄せて止めてあった。右側には段ボールの箱が高く積み重ねてあって、車のわきの空間を埋めている。仰向けのまま身をくねらせて進むうちに、クラリスの頭は車と段ボールの箱のあいだの狭い隙間《すきま》に出た。懐中電灯で箱の側面を照らす。たくさんの蜘蛛《くも》が狭い空間に巣を張りめぐらせていた。大部分が円形に巣を張るタイプで、縮んだ虫の死骸《しがい》が巣のあちこちにからめとられている。

　危ないのはドクイトグモだけだし、あれは見通しのきく場所には巣をつくらないから大丈夫、とクラリスは自分に言い聞かせた。それ以外の蜘蛛に噛《か》まれても、ミミズ腫《ば》れになったりはしないはずだわ。

　後部フェンダーのわきには立ち上がるスペースがあるはずだ。さらに身をくねらせて進むと、車の下から出られた。顔のすぐわきに大きなホワイトウォール・タイヤがあった。表面が乾燥腐敗して微細なひび割れが生じている。〝グッドイヤー・ダブル・イーグル〟という品名が読めた。頭をぶつけないよう注意しながら狭い隙間に立ち上がり、両手を前に突き出して蜘蛛の巣を払った。ヴェールをかぶったときの感じって、こんななのだろうか？

外でヨウの声がした。「大丈夫ですか、スターリングさん？」

「大丈夫です」彼女の声に驚いて、カサカサと何かが逃げまわる音がした。ピアノの中でも、何かが高音のキーの上に這《は》いのぼった。外から差し込むヘッドライトの光が、クラリスのふくらはぎのあたりまで照らしている。

「ピアノを見つけたんですね、スターリング捜査官」ヨウが声をかけてきた。

「いまのはわたしじゃありません」

「ああ、なるほど」

車高もあり、全長も長い、大きな車だった。ヨウの目録には、一九三八年型パッカード・リムジン、とあった。起毛面を下にして、絨毯《じゅうたん》がかぶせてある。クラリスは懐中電灯で絨毯のあちこちを照らした。

「この絨毯を車にかぶせたのはあなたですか、ヨウさん？」

「いや、その車を見つけたときはもうかぶせてあったんですよ。それからずっと、そのままにしてあります」倉庫の扉の下からヨウが叫んだ。「汚れた絨毯など、わたしは使う気はしません。それはラスペイルの好みでして。わたしは車がそこにあるのを確認しただけなんです。運送屋はピアノを壁際《かべぎわ》に置いて覆いをかけ、段ボールの箱を車のわきに積み上げて帰りました。代金は時間決めで払いました。段ボールの中身は九割がた楽譜と書物です」

絨毯は厚手で重く、引っ張ると懐中電灯の光線の中に埃《ほこり》が舞った。クラリスは二度くしゃみをした。爪先《つまさき》で立つと、背の高い古い車のルーフ中央部あたりまで絨毯をまくり上げることができた。後部ウィンドウにはカーテンが引かれている。ドアの把手は埃にまみれていた。段ボールの上に上体を伸ばして、なんとかそれに触ることができた。把手の端にかろうじて手をかけて、下に引いてみる。ロックされていた。後部ドアには鍵《かぎ》穴がない。段ボールの箱をかなりどけないと前部ドアまでたどりつくのは無理だろう。といって、どけた箱を置くスペースもほとんどない。そのうち、カーテンと後部ウィンドウの枠のあいだに細い隙間があるのに気づいた。

段ボールの上に身をのりだしてウィンドウに片目を寄せ、隙間から中を懐中電灯で照らした。ガラスに映る自分の顔しか見えないので、光を半ば手で覆う。埃まみれのガラスで放散された光線がシートの上を動いた。一冊のアルバムがひらかれたままになっていた。薄暗くて色彩は不明瞭《ふめいりょう》だが、両方のページにヴァレンタイン・カードが貼《は》りつけてあるのが見えた。レースのように薄いヴァレンタイン・カードがふわっとページにのっている。

「ありがとう、レクター博士」言った拍子にクラリスの呼気で窓枠の綿毛のような埃が舞い上がり、ガラスがくもった。それを拭《ぬぐ》いたくはなかったので、ガラスの向こうが見えるようになるまで待った。再び懐中電灯の光を移動させてゆく。車のフロアでくしゃくしゃになっている膝掛け。そこから、埃をかぶったエナメル革の、男物の正装用のシューズへ。そのシューズから黒いソックスへ光線を走らせる。と、ソックスの上に、タキシードのズボンをはいた両脚が見えた。

この五年間、この車に乗り込んだ人物は一人もいない――落ち着くのよ、落ち着くの、慌《あわ》てないで。

「あの、ヨウさん。ヨウさん、いますか?」

「ええ、どうしました、スターリング捜査官?」

「ヨウさん、車の中にだれかがすわっているようなんですけど」

「なんだって。すぐ出ていらっしゃい、スターリングさん」

「いえ、まだ出るわけにはいきません、ヨウさん。もうすこしそこで待っててもらえますか」

いまこそ考えなければ。この先一生、枕《まくら》相手にぼやくどんなたわごとよりも、いまが肝心だ。じっくり考えて、うまく切り抜けなくては。証拠をめちゃめちゃにしたくはない。だれかの助けが必要だわ。でも、何よりも、空騒ぎを起こしたくない。ボルティモア支局に緊急通報して警官を呼び寄せた結果、何も出なかったら、自分はもうおしまいだ。はっきりしているのは、だれかの脚のようなものが見えること。でも、もしこの車に冷たいやつがあると知っていたら、ヨウはそもそも自分をここにつれてきたりはしなかっただろう。頭に浮かんだ言葉に、クラリスはなんとか微笑した。〝冷たいやつ〟という言い方は、強がりもいいところだ。ヨウが最後にここを訪れて以来、この区画に入った者はいない。ということは、車の中のあれが何であれ、ここにある段ボールの箱は後から積まれたことになる。つまり、この段ボールの箱を動かしても、重要な証拠の逸失にはつながらないはずだ。

「いいですね、ヨウさん」

「ええ。警察を呼ぶことになりますか、それとも、あなた一人で大丈夫なんですか、スターリング捜査官?」

「それを調べるんです。とにかく、そこで待っててください」

段ボールの箱をどうするかという問題は、ルービック・キューブの解き方のように苛立《いらだ》たしかった。最初は懐中電灯を小脇《こわき》にはさんで立ち向かったのだが、二度ほど落としてしまい、結局懐中電灯は車のルーフにのせておいた。段ボールの箱は背後にまわす必要があったが、書籍の入った、ひとまわり小さなカートンは車の下にすべらせて押し込めそうだった。何かの虫に噛まれたのか、木の破片がささったのか、親指の腹がちくちくした。

ようやく助手席の埃まみれの窓ガラスを通して、運転席のほうを覗き込めるようになった。大きなステアリングとシフト・レヴァーのあいだに、一匹の蜘蛛が巣を張っていた。前席と後席の仕切りはしまっている。

倉庫の扉の下にもぐりこむ前にパッカードのキーにオイルをさしておくんだったと思ったが、いざ鍵穴にさしこんでみるとすんなりまわった。

通路が狭いので、ドアは三分の一くらいしかあける余裕がない。ドアはどすんと段ボールの箱にぶつかり、ネズミたちが逃げまわって、ピアノがまた鳴った。車の中からすえた腐敗臭と薬品の臭いがたちのぼってくる。それは、名前の思いだせないある場所の記憶を甦らせた。

中に身をのりだし、運転席の背後の仕切りをあけて、後部シートを懐中電灯で照らす。光を浴びて最初に明るく浮かび上がったのは、飾りボタンのついた正装用のシャツだった。素早くシャツの前から顔のほうを照らすと、顔が見えない。また下方に光を向け、きらきら輝く飾りボタンからサテンの襟へ、さらに下方に光線を移して膝《ひざ》を照らすと、ズボンのジッパーがひらいている。また光線を上向けて、きちんと結んだ蝶《ちょう》ネクタイとカラーをとらえる。そこにはマネキンの首を支える棒が突き出ており、淡い光を反射して何かがのっていた。頭のあるべきところに置かれた黒い布の包み。それはオウムの籠《かご》を包んでいるくらいの大きさだった。ビロードだわ、とクラリスは思った。包みは、背後の棚からマネキンの首の根元に差しかけられたベニヤ板にのっている。

前部シートから何枚か写真を撮った。フラッシュの明かりで焦点を絞り、ストロボがひらめくと目を閉じた。それから車の外で背筋を伸ばした。濡《ぬ》れそぼった体で、蜘蛛の巣を体にまとわりつかせたまま、これからどうすべきか暗闇《くらやみ》の中で考えた。

やるつもりがないことは、はっきりしている。ボルティモア支局の特別捜査官を呼びだして、ズボンの前のひらいたマネキンとヴァレンタインのアルバムを見せること、だ。

後部シートに入り込んであの包みの覆いをはぎとろう、といったん決めてしまうと、もうくよくよ考えたくなかった。運転席の仕切りから手をのばして後部ドアのロックをはずし、ドアをあけやすいように外の段ボールの箱をいくつか動かす。かなり手間どったような気がした。ドアをひらいた。後部シートから流れでる臭気はずっと強かった。両手をのばしてヴァレンタイン・ブックの隅を持ち、そっと持ち上げて車のルーフにのせた証拠品袋の中に移す。シートには別の証拠品袋をひろげた。

中に乗りこむにつれ車のスプリングが呻《うめ》き声をあげ、隣りに腰を下ろすとマネキンがすこし揺れた。白い手袋をはめたマネキンの右手が太腿《ふともも》からすべってシートにのった。クラリスは指先で手袋にさわってみた。中の手は硬かった。手袋を慎重に押し下げて、手首からはずす。手首は白い合成樹脂だった。ズボンの前がふくらんでいて、クラリスは一瞬、くだらないと思いつつ、ハイスクール時代の一ページを思いだした。

シートの下からカソコソと走りまわる音がする。

愛撫《あいぶ》するように優しい手つきで、クラリスは覆いに触れた。すんなり動く覆いの下に、何かしら固くてなめらかなものの感触がある。上部の丸いつまみのようなものにさわったとき、正体がわかった。実験室用の大きな標本容器だ。中に入っている物の察しもついた。おずおずと、しかし、ためらいもなく、覆いをとりはずした。

容器の中の首は顎《あご》のすぐ下ですぱっと切断されていた。顔がこちらを向いており、保存用のアルコールのために両眼は白濁してからだいぶたっている。口はひらいていて、濃い灰色の舌がわずかにせりだしていた。長い歳月のあいだにアルコールがかなり蒸発してしまい、首は容器の底にのっていた。腐敗した帽子のように頭頂部が液から突き出ていた。フクロウのように首をよじった角度で、それは愚鈍そうにクラリスを見あげていた。顔のあちこちを照らしてみても、間抜けな死顔であることに変わりなかった。

いま、この瞬間の自分の内心をクラリスは探ってみた。楽しかった。ワクワクしている。そんな気持はこの場に相応《ふさわ》しいだろうか、と一瞬思った。いま、この瞬間、人間の首と数匹のネズミと一緒にこの古めかしい車に乗っていながら、自分は明晰《めいせき》に考えることができる。その点は誇らしかった。

「ねえ、トト」クラリスはあの『オズの魔法使い』のドロシーのセリフを口に出してみた。「ここはもうカンザスじゃないみたいよ」何かすごい緊張を覚えたときにこのセリフを言ってみたい、と前から思っていたのだ。が、いざ口にしてみると、ちょっと軽薄な気がして、だれにも聞かれなくてよかった、と思った。さあ、仕事をしなければ。

そっとシートによりかかって、周囲を見まわした。

これはだれかが意図的に選んで創造した舞台装置、あの三〇一号線を這うように進む車列のドライヴァーたちの心理からは千光年も隔たった舞台装置だ。

両側のピラーに吊《つ》るした一輪挿しのカットグラスの花瓶から、乾いた花がたれている。折りたたみ式のテーブルが引き出されていて、リネンのクロスで覆《おお》われていた。

上にのったデカンターが、埃の下から輝いている。わきに置かれた短いろうそくからデカンターにかけて、一匹の蜘蛛が巣を張っていた。

いま自分が向き合っている首の主と一緒に、レクターかだれかがここにすわっているさまを、クラリスは頭に描こうとしてみた。彼は酒を飲みながらヴァレンタインのアルバムを見せようとしている。他に何を見せたがっていただろう？　マネキンをなるべく動かさないよう慎重な手つきで、クラリスは身許《みもと》がわかるようなものを探した。何もなかった。上着のポケットに、ズボンの裾《すそ》丈を調整した際の端切れが入っていた——このマネキンに着せられた礼服は、たぶん新調したものだったのだろう。

　クラリスはズボンのふくらみをつついた。ハイスクールの生徒だってこれほど硬くはないはずだ。指先で前を広げて、中を照らした。象嵌《ぞうがん》を施して磨かれた、木の張形だった。しかも、かなりの大きさの。お下劣ね、わたしって、と彼女は思った。

　容器を慎重にまわして、首の両脇と後頭部に傷がないかどうか調べた。目につく傷はなかった。実験用具会社の名前がガラスに型押しされていた。

　もう一度顔をじっくりと見て、この表情はこの先しばらく頭に焼きついているだろうな、と思った。その顔、ガラスに触れた部分が変色しているその舌をよくよく見ても、自分の舌を嚙《か》み切るミッグズの顔が夢に現れるときのような嫌悪《けんお》感《かん》は覚えなかった。目的さえはっきりしていれば自分は何だって直視できるんだ、とクラリスは思った。彼女は若かった。

ＷＰＩＫテレビの移動中継車が速度を落として止まってから十秒もしないうちに、ジョネッタ・ジョンスンはイアリングをつけ、美しい褐色の顔のメイクを整えて、状況を把握し終えていた。彼女とそのクルーはボルティモア郡警察の無線を傍受し、パトカーに先まわりしてスプリット・シティ社の倉庫前に到着していたのである。

取材班の面々がヘッドライトの中にとらえていたのは、懐中電灯とＩＤカードを手に倉庫の扉の前に立つクラリス・スターリングだった。彼女の髪は小雨に濡れて頭にへばりついていた。

ジョネッタ・ジョンスンはどんなときでも新人をひと目で見分けることができる。彼女はカメラ・クルーを従えて外に降り、クラリスに近づいていった。パッと明るい照明がついた。

弁護士のヨウはビュイックの座席に低く身を沈めていて、かぶっている帽子しか窓枠の上に出ていない。

「ＷＰＩＫニュースのジョネッタ・ジョンスンだけど、あなた、殺人の通報をしたわクラリスは警官のようには見えないし、自分でもそれは承知していた。「わたしは連邦捜査官なの。ここは犯罪現場なのよ。ボルティモア郡警察が到着するまで、わたしには現場を保存する義務が――」

カメラマンの助手が倉庫の扉の下端をつかんで、引き上げようとしていた。

「何してるの」クラリスは声をかけた。「あなたに言ってるのよ。やめて。さがってください。本気で言ってるのよ。ここでは協力してもらわないと」

バッジでも制服でも、警官らしく見えるものなら何でもいいからあればいいのに、と切に思った。

「じゃあ、ハリー、やめなさいよ」女性のレポーターが言った。「あたしたちはね、どんな協力も惜しまないつもりよ、捜査官。早い話、このクルーの維持にはけっこうお金がかかるのよ。だから、他の関係者たちが到着するまで中継車をここに待機させたものかどうか知りたいんだけど。どうなの、あの中に死体があるの？　いかが、カメラはオフで、あなたとあたしだけの話。教えてくれたら、あたしたち、おとなしく待機するわ。無茶なことはしないって約束するから。どうなの？」

「わたしだったら、おとなしく待つわ」クラリスは言った。

「ありがとう。あなたに後悔はさせないから」ジョネッタ・ジョンスンは言った。

「あのね、あたし、あなたのお役に立ちそうな、スプリット・シティ・ミニ・ストーリッジに関するちょっとした情報を握ってるのよ。その懐中電灯でこのクリップボードを照らしてくれる？　たしか、このあたりだと思ったけど」

「WEYEの移動中継車が、いまゲートから入ってきたぜ、ジョネッタ」ハリーと呼ばれた男が言った。

「このへんだと思ったわ、捜査官、ああ、ここ、このくだり。二年くらい前に、実はスキャンダルがあったのよ。この会社が——あれは花火だったかしら——不正に運んで貯蔵していることを、当局が立証しようとしたことがあって」ジョネッタ・ジョンスンはやけに頻繁に、クラリスの肩越しに倉庫のほうを見ている。

クラリスが背後を振り向くと、カメラマンが仰向けになって、すでに頭から肩まで倉庫の中にもぐりこんでおり、そばにしゃがんだ助手が小型カメラを扉の下から内部にくぐらせようとしていた。

「あんた！」クラリスは叫んだ。カメラマンのわきの濡れた地面にすぐひざまずき、彼のシャツを引っ張った。「そこに入らないで。だめだったら！　何度言ったらわかるの」

その間、男たちは絶えず穏やかな口調でクラリスに話しかけていた。「何にもさわりませんから。われわれはプロですからね、ご心配なく。どうせ警官が到着したら、入れてくれるんですから。大丈夫ですよ、気にしなくて」

自分をまるめこもうとする彼らの口調に、クラリスの堪忍袋《かんにんぶくろ》の緒が切れた。

いきなり扉の端にかませてあるジャッキに駆け寄ると、彼女は把手《とって》を上下させた。耳ざわりな軋《きし》み音と共に、扉が五センチほど下降した。もう一度把手を下に押した。扉はさらに下がってカメラマンの胸に接触した。それでもその男が出てこないとみると、クラリスは把手を差込み部から引き抜いて、仰臥《ぎょうが》しているカメラマンのところにいった。いつのまにか別のテレビ局の撮影用ライトもついていた。眩《まばゆ》い電光を浴びながら、クラリスは引き抜いたジャッキの把手でカメラマンの上の扉を思い切りひっぱたいた。埃《ほこり》と錆《さ》びがバラバラとカメラマンの上に降りかかった。

「よく聞いて」クラリスは言った。「どうしても聞かないつもり？　そこから出てきなさい。さあ。あと一秒で、公務執行妨害で逮捕するから」

「そうカリカリしないでくださいよ」カメラマンの助手が言って、クラリスの肩に手をかける。クラリスはさっと彼のほうに向き直った。ぎらつくライトの向こうから怒号のような質問が浴びせられた。サイレンの音も聞こえた。

「手を放してさがりなさい、さあ、早く」彼女はカメラマンの足首を踏みつけ、ジャッキの把手をわきにたらして助手と睨《にら》み合った。ジャッキの把手をふりかざすことはしなかった。そのほうがよかった。そのままでもテレビに映った彼女の姿は物騒そのものだったのだから。

9

薄暗がりの中に入ると、凶暴犯病棟の悪臭はひときわ強く感じられる。通路で無音のままONになっているテレビの光が、レクター博士の監房の鉄格子《てつごうし》にクラリスの影を投げかけていた。

鉄格子の奥の闇《やみ》をすかし見ることはできなかったが、クラリスは警備室の用務員に点灯してくれるように頼まなかった。もし頼めば、病棟全域が煌々《こうこう》たる明かりに包まれるだろう。すでにボルティモア郡警察が照明を何時間もつけっぱなしにしてレクターに大声で質問を浴びせつづけたことを、クラリスは知っている。レクターは頑として口をきこうとせず、代わりに尻尾《しっぽ》を上下に動かすと首を振るオリガミのニワトリを彼らにつくってやったのである。怒りのさめやらぬ上級警官は、そのニワトリをロビーの灰皿の中で揉《も》みつぶしながら、クラリスに入れという合図をしたのだった。

「レクター博士?」自分の息遣いがクラリスには聞こえたし、通路の奥の息遣いも聞こえた。が、主のいないミッグズの監房からは聞こえなかった。ミッグズの監房は森閑としていて、その静寂は隙間《すきま》風のように肌に感じられた。

レクターが暗闇からこちらを見ていることは、クラリスにもわかっていた。二分が経過した。倉庫の扉との格闘で両脚と背中が痛かったし、服もしめっていた。鉄格子からかなり距離を置いた通路の床にコートを敷き、その上に、両足を折りしいて彼女はすわっていた。ぐしょ濡《ぬ》れの髪が首に貼《は》りついていたので、襟の上に搔《か》きあげた。

背後のテレビの画面では、テレビ宣教師が腕を振りまわしている。

「レクター博士、わたしがここにきた理由は、あなたもご承知だと思います。わたしが相手ならあなたも話すだろうと、みんな思っているのです」

沈黙。通路のどこかで、だれかが〝海を越えスカイ島へ〟を口笛で吹いている。

五分待って、クラリスは言った。「あそこに入っていくときは無気味な感じでした。いずれ、そのときのこと、お話ししたいのですが」

食事を運ぶトレイが、いきなりガシャンとレクターの監房からすべり出てきて、クラリスはどきっとした。トレイにはきちんとたたまれた清潔なタオルがのっていた。レクターが動く気配は聞きとれなかったのだが。

タオルにじっと目を凝らし、一種の脱力感と共にそれをとりあげて、髪を拭《ふ》いた。

「ありがとう」

「どうしてバッファロウ・ビルのことをわたしに訊《き》かない？」レクターの声はすぐそば、クラリスと同じ高さで聞こえた。彼も床にすわりこんでいるのにちがいない。

「彼のことで、何かご存知なんですか？」

「ケース・ファイルを見れば、わかるかもしれんね」

「わたしはあの事件の担当ではありませんので」

「この一件からも外されるかもしれんよ、彼らがきみを利用し尽くしたら」

「わかっています」

「きみならバッファロウ・ビル事件のファイルを入手できるだろう。報告書と写真を。それを見てみたいのだがね」

ええ、そうでしょうとも。「レクター博士、こんどの件のきっかけをつくったのはあなたなんです。あのパッカードの中にいた人物について教えてください」

「きみは五体揃《そろ》った人体を見つけたのか？　変だな。わたしは首しか見てないぞ。残りの部分はどこからきたんだろうな？」

「わかりました。あれはだれの首なんですか？」

「そっちはどれくらいわかっているんだ？」

「いまのところはまだ、予備的な検査しか行われていません。白人男性。二十七歳くらい。アメリカとヨーロッパ、双方で歯科治療を受けた痕跡《こんせき》あり。だれなんですか、彼は？」

「ラスペイルの愛人だよ。べとついたフルートを吹くラスペイルの」

「どういう状況だったんでしょう——どうやってああいう死に方を？」

「遠まわしに探りを入れてるな、スターリング捜査官？」

「いいえ。その点については後でおたずねします」

「じゃあ、時間を節約してやろうじゃないか。やったのはわたしではない。ラスペイルだ。ラスペイルは船員が好きだった。あれはクラウスなんとかというスカンディナヴィア人の船員だ。その男のラストネームを、ラスペイルは最後まで教えてくれなかったのさ」

レクター博士の声が下方に移った。いまは床に横たわっているのかもしれない、とクラリスは思った。

「クラウスはサンディエゴでスウェーデン船を降りた。ラスペイルはたまたま、あそこの音楽学校でひと夏教えていたんだ。彼は若いクラウスに血道をあげてね。クラウスのほうではいい金づるを見つけたと思って船から脱走したんだろう。二人は何やら悪趣味なキャンピングカーを買って、妖精《ようせい》のように素っ裸で森の中を走りまわっていたようだ。ところが、そのうちクラウスが浮気をしたんで絞め殺した、とラスペイルは言ってたよ」

「じきじきにあなたに話したんですか？」

「そうとも。患者の告白は他言しない、というきまりの診療中に。あれは嘘《うそ》だとわたしは見ている。ラスペイルはいつも話に尾ひれをつけていたからな。自分を危険で情熱的な男に見せたがっていたのさ。クラウスはおそらく、仮死状態で絶頂を楽しむ陳腐な性行為中に死んだのだろう。ラスペイルというやつは、とてもクラウスを絞め殺すことなどできそうにない、肉のたるんだ非力な男だった。クラウスの首は顎《あご》の真下で切断されていたのに気づいたかね？　あれはたぶん、ロープで首を絞めた痕《あと》を消すためだったんだな」

「なるほど」

「ラスペイルの幸福な夢ははかなく消えた。彼はクラウスの首をボウリング・バッグに入れて東部にもどってきたんだ」

「体の残りの部分はどうしたんでしょう？」

「山中に埋めたのさ」

「あの首は、あの車の中であなたに見せたんですか？」

「ああ、そうとも。わたしの診療を受けているうちに彼は、わたしになら何でも打ち明けられるという気になったのだ。彼はよくクラウスと出かけて愛し合い、ヴァレンタイン・カードを見せていたんだろう」

「そのうち、ラスペイル自身が……死にました。あれはどうして？」

「掛け値のないところ、わたしは彼の泣き言にほとほといやけがさしてしまったのだ。実際、あれが彼にとっては最善の結末だっただろう。診療もゆきづまっていたし。精神科医の大部分は、わたしのところにまわしたいような患者の一人や二人は抱えていると思うね。この件をおおっぴらに論じるのはこれが初めてだ。もういい加減うんざりしているんだよ、この件には」

「それから、あなたが楽団の理事長たちをもてなしたディナーの件」

「きみは、客を迎えたのに買い物に出かける時間がなかった、という体験をしたことがないか？　そういう場合は、冷蔵庫の中にあるもので間に合わせなきゃならんだろう、クラリス。きみのことはクラリスと呼んでかまわんかな？」

「はい。わたしはあなたのことを――」

「レクター博士と呼んでもらおう――きみの年齢と社会的地位からして、それがいちばん妥当だと思う」

「はい」

「あの倉庫に入っていくときは、どんな感じがしたね？」

「不安でした」

「どうして？」

「ネズミやいろんな虫がいるんじゃないかと」

「勇気をふるい起こしたいと思うとき、何か頼りにするまじないのようなものはあるのかい？」

「実際に効きそうなものは何もありません。目的を果たしたいとひたすら念じるだけで」

「そういう場合、実際に呼び出そうとするかどうかはさておき、何かの記憶とか劇的な情景が甦《よみがえ》ることはないか？」

「あるかもしれません。考えたことはありませんが」

「きみの幼年期の出来事とか」

「よくよく注意していないと、わかりませんね」

「いまは亡《な》きわたしの隣人、ミッグズの最期《さいご》のことを聞いたときはどんな気がした？

あの件について、きみはまだ訊いてないが」

「これからその話に移ろうと思っていました」

「あいつのことを聞いたときは、嬉《うれ》しかっただろう?」

「いいえ」

「じゃあ、悲しかったのかい?」

「いいえ。あなたがそそのかして、やらせたんですか?」

レクター博士は静かに笑った。「スターリング捜査官、きみは、わたしがミッグズ君の重罪相当の自殺行為を教唆《きょうさ》したんじゃないのか、と訊いているのかね? 馬鹿馬鹿《ばかばか》しい。しかし、彼があのおぞましい舌を嚙《か》み切ったという一事には、ある種心地よい調和が感じられると思わないか?」

「いいえ」

「いまのは嘘だな、スターリング捜査官。きみがわたしについた最初の嘘だ。嘆かわしい出来事《トリスト》、とトルーマンなら言うだろう」

「トルーマン大統領がですか?」

「いや、気にしなさんな。わたしがきみに手を貸したのはなぜだと思う?」

「わかりません」

「ジャック・クロフォードはきみが好きなのではないか？」

「さあ、わかりません」

「それもおそらく、本心ではないな。きみは彼に好かれたいか？　答えたまえ、きみは彼に好かれたいという衝動を覚えて、それが気になってるんじゃないのか？　彼を喜ばせたいという衝動を、きみは警戒しているか？」

「人に好かれたいという気持はだれもが持っているはずです、レクター博士」

「だれもが、ではないな。それでは、ジャック・クロフォードはきみに性的な願望を抱いていると思うか？　彼はいま、強い欲求不満に悩まされているはずだ。彼はきみと交わるための……シナリオや駆け引きを……ありありと頭に描いていると思うかね？」

「それはわたしの関心外のことです、レクター博士。それはミッグズが投げるような問いだと思いますが」

「もうそんな問いは聞けなくなったがね」

「舌を嚙み切れと、実際にあなたがけしかけたんですか？」

「きみが口にする疑問形には、仮定法が含まれていることがよくあるようだ。きみの訛《なま》りからいっても、苦学して学んだ跡が歴然としているな。クロフォードがきみを好いていて、きみを有能と見なしていることは間違いない。きみだって、さまざまな出来事が奇妙に一つの方向に収斂《しゅうれん》していることに気づいてないはずはあるまい、クラリス——きみにはクロフォードの後ろ盾があるし、わたしからも助けられた。クロフォードがなぜ助けてくれるのかわからない、ときみは言う——わたしがきみを助けた理由は、察しがつくか？」

「いいえ、教えてください」

「きみを見て、きみを食べるときのことを考え——どんな味がするか、想像をたくましくするのが楽しいからだと思うかね？」

「そうなんですか？」

「いいや。クロフォードの力をもってすればわたしに与えられるもの、それがわたしは欲しいのだ。そのために、彼と取引きしたいと思っている。ところが、彼はわたしに会いにきたがらない。バッファロウ・ビルの件で、わたしの助力を求めようともしない。このままでは、ますます大勢の若い女性が死ぬのがわかっているのに、だ」

「それはどうでしょうか、レクター博士」

「わたしの望みはごく単純でね、彼ならそれをかなえられるはずなのさ」レクターは監房のレオスタットのつまみをゆっくりとまわした。照明がすこしずつ明るくなり、彼の書物も絵画も消えているのがわかった。トイレの便座もなくなっていた。ミッグズの一件の罰として、チルトンが監房を丸裸にしてしまったのだ。

「わたしはもう八年もこの部屋に押し込められているのだよ、クラリス。生きている限り、二度と再びここから釈放されることはあるまい。わたしがほしいのは眺望でね。樹木が見える窓がほしい。川や湖水まで見えれば言うことはない」

「あなたの弁護士は請願を――」

「通路にあのテレビを据えて、宗教チャンネルに固定したのはチルトンだ。きみが立ち去りしだい、用務員がまた音量を上げるだろう。弁護士にもそれは阻止できない、裁判所がいまのような厳しい態度をわたしにとりつづける以上はね。できれば連邦施設に収容されたいし、書物もとりもどして、眺望も手に入れたい。そのためなら、大きな対価を払ってもいい。クロフォードなら、それが可能なのだ。彼に訊いてみてくれ」

「いまおっしゃったこと、彼に伝えることはできますけど」

「彼はきっと無視するだろう。そして、バッファロウ・ビルの犯行がいつまでもつづく。いずれビルが若い女の頭皮を剝《は》いだら、どんな気がするか、待つがいい。そうだな……事件のファイルを見せてもらわずとも、バッファロウ・ビルについて、一つ教えてやろう。何年かたって、仮に彼がつかまるときがあったら、きみにもわかるだろうさ、わたしの言うとおりだった、わたしの力を借りればよかった、と。そうすれば何人もの命が助かったのに、と。クラリス?」

「はい?」

「バッファロウ・ビルは二階建ての家で暮らしている」レクター博士は言って、明かりを消した。

それっきり、ひとことも口をきこうとはしなかった。

10

クラリス・スターリングはＦＢＩのカジノのダイス・テーブルにもたれて、賭博《とばく》を利用したマネー・ロンダリングに関する講義に神経を集中しようとしていた。ボルティモア郡警察が彼女の宣誓供述をとり——二本の指でタイプのキーを叩《たた》くチェーン・スモーカーの警官は、〃煙が気になるなら、あの窓をあけてもいいぜ〃と言い放ったが——殺人は連邦機関担当の犯罪ではないんだぞ、と注意して、彼女をその管轄《かんかつ》区域から追い払ってから、三十六時間たっていた。

日曜夜のネットワーク・ニュースでは、クラリスとテレビ・カメラマンの小競《こぜ》り合いが映し出され、かなり面倒なことになったな、と彼女は思っていた。その間、クロフォードやボルティモア支局からは何の連絡もなかったのである。せっかく書いた報告書なのに、まるでどこかの穴に放り込んでしまったような感じだった。

クラリスがいま立っているカジノはさほど広くない——もともとそのカジノは、移動トレーラー・トラックの中で不法営業していたのをFBIに押収《おうしゅう》され、教材としてアカデミーの中に復元されたのである。狭い部屋は多くの管轄区から派遣された警官たちで込み合っていた。クラリスは、二人のテキサス州捜査局員と一人のロンドン警視庁刑事が勧めてくれた椅子《いす》を、丁重に断ったところだった。

彼女のクラスの残りのメンバーは、アカデミーの校舎の通路の奥で、〝性犯罪寝室〟に敷かれた本物のモーテルのカーペット中から頭髪を探したり、〝模擬銀行〟での指紋採取訓練を行ったりしている。クラリスはすでに科学捜査特別研究員として証拠品捜索や指紋採取の実践を積んでいるので、このカジノ講義のほうにまわされたのだった。それは、客員警察官のための連続講義の一環だった。

自分がクラスの連中から隔離されたのは、別の理由があってのことだろうか、とクラリスは思った。もしかすると、上層部は自分を隔離しておいてからクビを言い渡すつもりかもしれない。

ダイス・テーブルのパスラインに肘《ひじ》をついて、クラリスは賭博におけるマネー・ロンダリングに考えを凝らそうとつとめた。が、代わりに頭を占めていたのは、FBIという組織は、公式の記者会見の枠外で、捜査官がテレビに登場するのを極度に嫌うという事実だった。

ハンニバル・レクター博士の名前に、マスコミは嬉々《きき》として飛びついてくる。しかもボルティモア郡警察は、クラリスの名前を喜んで報道陣に流したのだ。サンデー・ナイト・ネットワーク・ニュースで、クラリスはいやになるくらい自分の名前を見せつけられた。倉庫にもぐりこもうとするカメラマンを押さえつけている扉を、〝FBIのスターリング〟がジャッキの把手《とって》でガンガン叩いているボルティモア発の映像。かと思うと、〝スターリング連邦捜査官〟がジャッキの把手を片手にカメラマンの助手に食ってかかる映像も流れた。

ライヴァル局のWPIKは、独自の映像を持たないハンデを跳ね返そうと、〝FBIのスターリング〟とFBI自体を傷害罪で訴えると発表する挙に出た。クラリスがジャッキの把手で倉庫の扉を叩いたとき、埃《ほこり》と錆《さ》びの細片がカメラマンの目を直撃したというのだ。

WPIKのジョネッタ・ジョンスンは、全国ネットの放送で、スターリングが倉庫の中で死体を発見したのは、〝当局が怪物という烙印《らくいん》を押した人物との奇怪な絆《きずな》が生かされたせいだった!〟と暴露した。WPIKがレクターの収容されている病院に情報源を持っているのは明らかだった。

タブロイド紙の『ナショナル・タトラー』は、スーパーの棚から〝フランケンシュタインの花嫁!!〞と叫んでいる。

ＦＢＩ当局は公式なコメントを一切発表していない。だが、内部では甲論乙駁《こうろんおつばく》が行われているにちがいない、とクラリスは見ている。

きょうの朝食の席では、クラスメイトの一人で〈カヌー〉のアフターシェイヴをふんだんに使う若者が、クラリスのことを〝メルヴィン・ペルヴィス（骨盤）〞と呼んだ。一九三〇年代に、当時のＦＢＩ長官フーヴァーに最も重用された捜査官、メルヴィン・パーヴィスにひっかけた、くだらないジョークだった。アーディリア・マップにどやされると、彼は顔面蒼白《そうはく》になり、テーブルの食事を食べ残して出ていった。

いまクラリスは、何があっても驚いていられないという奇妙な状態にあった。一昼夜というもの彼女は、ダイヴァーが味わう、耳のガンガン鳴るような静寂の中で宙吊《ちゅうづ》りになっていた。もし機会が与えられるなら、自己弁護もいとわないつもりでいた。

講師がルーレットのホイールをまわしながらしゃべっている。が、玉は決してそこに放り込まない。彼は自分の人生にあっても一度も玉を放り込んだことがないのだろう、という気がした。その講師が、いま何か言っている。「クラリス・スターリング」どうして、クラリス・スターリングなどと？　わたしのことじゃないの。

「はい」クラリスは言った。

講師は彼女の背後の戸口のほうに顎《あご》をしゃくった。とうとうだ。自分の運命がすくみあがるのを感じつつ、クラリスはそっちを向いた。が、そこにいたのは射撃教官のブリガムだった。部屋の中を覗《のぞ》き込んで、聴講生たちの中の彼女を指さしている。クラリスと目が合うと、彼は手招きした。

一瞬、自分は放逐されるのかな、とクラリスは思った。が、そういう引導を渡すのはブリガムの任ではない。

「準備をしろ、スターリング。現場捜索用の服はどこにある?」通路に出ると彼は言った。

「わたしの部屋ですが――C棟の」

急いで歩かないとブリガムにはついていけない。

彼は機材室からもちだした大きな指紋採取キット――教材用ではない本物――と小さなキャンヴァス・バッグを持っていた。

「これからジャック・クロフォードに合流するんだ。一泊用の準備をしていくといい。帰れるかもしれないが、持っていったほうがいい」

「どこへいくんですか?」

「きょうの夜明け頃、ウェスト・ヴァージニアのエルク川で、鴨撃《かもう》ちのハンターたちが死体を発見した。バッファロウ・ビルのやり口に似た状況でね。保安官補たちが、いま川から死体を引き揚げている。えらい辺鄙《へんぴ》なところで、ジャックは連中の報告を待つ気はないんだ」C棟の入口でブリガムは立ち止まった。「彼はとりわけ、浮遊死体の指紋採取で役立ってくれる人間を必要としている。きみは研究室で基礎作業をしていたな——やれるだろう？」

「ええ、ええ。用具をチェックさせてください」

ブリガムが指紋採取キットをひらき、クラリスはそこからトレイをとりあげた。細い注射器と小瓶があったが、カメラがない。

「接写用のポラロイド、CU－5が必要です、ブリガム教官。それに、専用のフィルム・パックとバッテリーが」

「機材室にあるのかな？　じゃあ、とってこよう」

彼は小さなキャンヴァス・バッグをクラリスに手渡した。その重みを感じたとき、迎えにきたのがなぜブリガムだったのか、クラリスは了解できた。

「任務用の拳銃《けんじゅう》は持ってないね？」

「ええ」

「今回はフル装備でいったほうがいい。これは、きみがこれまで訓練場で装着していたホルスターだ。拳銃はぼくのものだがね。きみが訓練に使っていたのと同じKフレームのスミス・アンド・ウェッソンだ。可動部は掃除してある。今夜、機会があったら、きみの部屋で空撃ちしてみるといい。おれはきっかり十分後にカメラを持って、C棟の裏に止めた車で待ってるから。ブルー・カヌーにはトイレがないんで、時間のあるうちに用をすませておいたほうがいいぞ。さあ、急げ、スターリング」

一つ質問をしかけたとき、ブリガムはもう立ち去ろうとしていた。

きっとバッファロウ・ビルだ、クロフォード自身が乗り出すのなら。それにしても、ブルー・カヌーって何だろう？　でも、荷造りのほうが先決だ、その必要があるときは。クラリスはてきぱきと上手に荷造りした。

「あの――」

「ああ、それでいい」ブリガムは遮った。クラリスは待っていた車に乗り込んだ。

「注意して見る者がいれば、上着にすこし銃把の輪郭が浮き出ているのに気づくかもしれない。でも、いまはそれでかまわんだろう」クラリスはスナブ・ノーズのリヴォルヴァーを挿し込んだパンケーキ型のホルスターを、ブレザーの下、肋骨《ろっこつ》にぴったり重ねて装着していた。反対側のベルトには、弾丸を迅速に装塡《そうてん》するためのスピードローダーを吊るしている。

ブリガムは基地内の速度制限いっぱいのスピードで、クワンティコ飛行場に車を走らせた。

咳払《せきばら》いを一つして、彼は言った。「射撃訓練場のいい点はね、クラリス、あそこは部内のいろんな思惑や駆け引きと無関係でいられるってことさ」

「そうなんですか?」

「きみがボルティモアのあの倉庫から報道陣をシャットアウトしたのは正解だった。テレビ報道の件で、何か悩んだかい?」

「悩むべきでしょうか?」

「いま、この会話を聞いている者は他にいないだろう?」

「はい」

交通整理をしている海兵隊員に答礼してから、ブリガムは言った。「きょう、きみを同行させることで、ジャックはきみを信頼していることを、だれにもわかるように示そうとしているんだ。たとえば、職務監査室のだれかが彼の面前できみにいちゃもんをつけて、彼を怒らせるような場合に備えてね。わかるかい、言ってること?」

「ええ、まあ」

「クロフォードは敵に後ろを見せない男だ。彼は、きみがあの現場を確保する必要があったということを、上層部に明言しているんだよ。クロフォードはきみを裸であそこにいかせた——官憲の身分を示すものを一切つけさせずにね。そのことも、彼は説明している。それに、ボルティモア郡警察の出動もかなり遅かったしな。それときょうのクロフォードはどうしても助《すけ》っ人《と》を必要としているんだ。ジミー・プライスが鑑識のだれかを呼ぶとなると、一時間は待たなきゃならない。だから、この役にはきみがうってつけなのさ、スターリング。浮遊死体を扱うのは、決して面白い仕事じゃない。これはきみへの懲罰的な意味があるわけじゃないんだが、外部の人間がそういう目で見たければ、そうさせればいい。クロフォードは実にデリケートな男だが、くだくだしい説明をするのを好まない。それで、おれがこうして話しているんだがね……これからクロフォードと一緒に仕事をするなら、彼がいまどういう状況に直面しているか、知っておいたほうがいい——そのへんのことは知ってるかい？」

「いいえ、ほとんど何も」

「バッファロウ・ビル以外に、彼はいま、いろいろ悩みごとを抱えていてね。奥さんのベッラの病気が、かなり悪いんだよ。実のところ……末期的症状でね。いまは自宅で看護している。バッファロウ・ビルの件がなければ、介護休暇をとっているだろう」

「ぜんぜん、知りませんでした」

「まだ公《おおやけ》にはされてないからね。お気の毒に、とかなんとか、彼には言わないほうがいい。何の役にも立たんから……あの二人、幸福な暮らしを重ねてきたんだ」

「ありがとうございます、教えていただいて」

飛行場に着くと、ブリガムの顔は明るくなった。「銃器コースのしめくくりに、重要なスピーチを二つする予定なんだよ、スターリング。ぜひ聴講してくれないかな」

彼は近道して格納庫のあいだを通った。

「ええ、そうします」

「おれが教えることは、必ずしも実践するには至らないだろうと思う。まあ、そのほうがいいがね。しかし、きみにはいい素質があるよ、スターリング。撃つべきときに撃てる人間だ。練習を怠らないようにな」

「はい」

「拳銃は絶対にハンドバッグに入れないように」

「わかりました」

「夜、自分の部屋で、何回か空撃ちの練習をするといい。いつでも目の届くところに置いておくことだ」

「そうします」

クワンティコ飛行場の誘導路には、旧式の双発ビーチクラフト機が待機していた。標識灯が旋回していて、ドアがひらいている。片方のプロペラがまわっていて、駐機場のわきの雑草が波立っていた。

「まさか。あれがブルー・カヌーですか」クラリスは言った。

「あれがそうなんだ」

「すごく小さくて、古ぼけているみたい」

「たしかに古いんだよ」快活な口調でブリガムは言った。「ずいぶん前、フロリダのエヴァグレーズ沼沢地《しょうたくち》に不時着したところを、麻薬取締局が押収したんだ。しかし、いまはエンジンその他、整備は万全で何の心配もない。あれを使うのを、歳出カットにうるさいグラム議員とラドマン議員に知られなければいいが——本当はバスでいくことになってるんでね」ブリガムは飛行機のそばに車をつけて、後部シートからクラリスの荷物を下ろした。二人の手がゆきちがったが、ブリガムはなんとか彼女に荷物を渡して握手を交わした。

次の瞬間、彼自身思ってもみなかった言葉をブリガムは発していた。「気をつけてな、スターリング」元海兵隊員の口中に、その言葉は奇妙な味わいを残した。どこからその言葉が湧《わ》いてきたのかわからず、彼の顔は火照《ほて》った。

「ありがとう……ありがとうございます、ブリガム教官」

クロフォードは副操縦士席にすわっていた。上着を脱いで、サングラスをかけている。パイロットがドアをばしんと閉める音を聞いて、クラリスのほうを向いた。

黒いレンズに遮られて、彼の目はよく見えない。だれか別人のように感じられた。クロフォードはブルドーザーが掘り起こした根っこのように、青白くタフに見えた。

「すわって、読んでくれ」それしか言わなかった。

分厚いケース・ファイルが彼の背後の席にのっていた。バッファロウ・ビル、と表紙にある。クラリスがそれを胸に抱きしめたとき、ブルー・カヌーはガタガタと機体を震わせて滑走しはじめた。

11

滑走路の縁がぼやけて、下方に遠のいてゆく。小型のブルー・カヌーが旋回して一般空路から離れると、東方のチェサピーク湾に朝日がきらめいた。

クラリス・スターリングは下を見た。クワンティコのアカデミーと、それをとりまく海兵隊の基地が見えた。急襲訓練場では豆粒のような海兵隊員たちが匍匐《ほふく》前進したり、疾走したりしている。

これが、上空から見える光景なのだ。

あるとき、夜間射撃訓練を終えて人気のないホーガンズ・アリーの暗がりを歩いていたことがあった。考えごとをするために歩いていたのだが、突然、上空で飛行機の轟音《ごうおん》がしたと思うと、頭上の闇《やみ》の中で呼び交わす人声が、新たな静寂を破って聞こえた——空挺《くうてい》部隊の隊員たちが、夜間降下の訓練で暗夜を降下しながら互いに呼び合っていたのである。そのときクラリスは、飛行機の降下口で〝跳べ〟のライトの点灯を待つ気持はどんなだろう、咆哮《ほうこう》する闇の中に飛び込む気持はどんなだろう、と考えたものだった。

もしかすると、いまのような気持なのかもしれない。

クラリスはファイルをひらいた。

判明している限り、彼は五回の犯行を重ねている、そう、あのビルは。過去十ヶ月間に、彼はすくなくとも五回、おそらくそれ以上にわたって、女性を誘拐し、殺害し、皮を剝《は》いでいる（クラリスの目は素早く解剖記録の上を走ってフリー・ヒスタミン・テストの結果を調べ、ビルは犠牲者たちを殺害してから皮を剝いでいることを確認した）。

用がすむと、ビルは死体をすべて流水に投げ込んでいる。それぞれの死体は異なる州の異なる川、それも州間高速道路《インターステート・ハイウェイ》の交差点の下流で発見された。バッファロウ・ビルは各地を移動してまわっている男なのだ。それはもうあまねく知られている。捜査当局が彼について掌握しているのは、すくなくとも拳銃を一挺《ちょう》持っていることを除けば、それだけだった。それしかなかった。拳銃は、口径内の山と谷が共に六つ、旋条は左まわり――おそらく、コルト・リヴォルヴァーか、コルトを模したコルト・クローンだろう。回収された弾丸の旋条痕《こん》から推して、ビルは三五七マグナム弾用拳銃の長い薬室に三八スペシャル弾をこめて発射するのを好んでいるらしい。川に漬かっていたため死体に指紋はなく、加害者の髪や繊維の明確な証拠も残っていない。

彼は白人男性とみて、ほぼ間違いない。白人と見る根拠は、連続殺人犯は自分と同じ人種の人間を殺すのがふつうで、こんどの場合、犠牲者はすべて白人だから。そして、男性と見る根拠は、当今、女性の連続殺人犯は皆無と言っていいから。

e・e・カミングズの不吉な小詩〝バッファロウ・ビル〟の中に、大都市の二人のコラムニストが、大見出しになるような詩句を見出《みいだ》している――〝……おまえの寵児《ちょうじ》、あの青い目の若者を、おまえはどう思うのだ、死神よ〟。

だれか、たぶんクロフォードが、この詩句をファイルの表紙裏に貼《は》りつけていた。

ビルが若い女性たちを誘拐した地点と、彼女たちを投げ捨てた地点とのあいだに、明瞭《めいりょう》な相関関係はない。

死亡時間が正確に特定できるくらい早く死体が発見されたいくつかのケースから、警察は犯人の手口に関して新たな事実を突き止めた。ビルは彼女たちを一定の時間生かしておいたのである。そのケースの犠牲者たちが死んだのは、誘拐後一週間から十日たってからだった。つまり、ビルは、彼女たちを生かしておく場所、隠密裏《おんみつり》に仕事をする場所を確保しているに相違ないことになる。すなわち、彼は流れ者ではないのだ。むしろトタテグモに近い。彼は自分のねぐらを持っている。どこかに。

この事実ほど一般市民を震えあがらせたものはない——ビルは最初から彼女たちを殺すつもりで、一週間かそれ以上閉じ込めておいたことになるのだから。

犠牲者たちの二人は絞殺《こうさつ》、三人は射殺。死ぬ前にレイプされたり、肉体的な虐待《ぎゃくたい》を受けた形跡はない。検死報告書にも、〝性器損傷の明瞭な痕跡はない〟と記されている。ただし、病理学者たちの見解では、腐敗の進んだ死体の場合、それらの点を確認するのは不可能に近い。

全員が、裸体で発見された。被害者がいちばん上に着ていた衣類が自宅近くの道路際《ぎわ》で発見されたケースが二例あった。いずれの場合も、葬儀用のスーツのように背中が縦に切り裂かれていた。

クラリスは平静に写真に目を通すことができた。浮遊死体は物理的に最も扱いづらい死体である。戸外での殺人被害者のケースがしばしばそうであるように、浮遊死体には有無を言わさぬ悲哀が漂っている。被害者がこうむる屈辱的な扱い、風雨にさらされたり、通りがかりの人間の目にさらされたりした事実など、怒りを露《あら》わにしてもかまわない職業の人間なら、強い怒りに駆られずにいられない。

屋内での殺人の場合は、被害者のいとわしい個人的習癖の証拠があがることがよくある。被害者自身の被害者——殴られた配偶者や虐待された子供たち——が集まって、当然の報いだとささやき合うこともよくあるが、事実そのとおりであることが多い。だが、この一連の事件の場合、当然の報いを受けた被害者などいない。ごみ屑《くず》の散らばる川岸で、いまやありふれた汚物となった船外機のオイル壜《びん》やサンドイッチの袋に埋もれて横たわる被害者たちは、皮膚すらまともに保っていないのだ。寒い日に投げ捨てられた被害者は、目鼻立ちの大部分を保っている。彼女たちが歯をむき出しているのは苦痛によるものではなく、亀《かめ》や魚が腹を満たす過程でああいう表情が生まれたのだと、クラリスは自分に言い聞かせた。ビルが皮を剝いだのは胴体で、四肢にはほとんど手をつけていない。

もし機内がこれほど暑くなかったら、一連の写真に目を通すのもこれほどつらくはないだろう、とクラリスは思った。それと、左右のプロペラの推進力が不揃《ふぞろ》いなおかげで機がよたよたと向きを変えたり、いまいましい陽光がすり傷だらけの窓に当たって拡散して、頭痛のようにこちらを刺したりすることがなかったら。

あいつをつかまえるのは可能だ。恐ろしい情報を膝《ひざ》に積み、ますます狭く感じられてゆく機内で平常心を貫き通そうと、クラリスはその思いにしがみついた。あいつに引導を渡す手伝いを、自分はすることができる。それが実現した暁には、このすべすべした表紙ながらちょっぴりべとつくファイルを引き出しにもどして、鍵《かぎ》をかけることができるだろう。

クラリスはクロフォードの後頭部をじっと見つめた。バッファロウ・ビルの息の根を止めるつもりなら、自分は最適のチームにいる。クロフォードはこれまで率先して陣頭指揮をとり、三人の連続殺人犯狩りに成功している。だが、犠牲者がなかったわけではない。クロフォードのチームで最も鋭敏な猟犬の働きをしたウィル・グレアムは、いまやアカデミーの伝説的な存在となっている。と同時に、彼は現在、ふためと見られない顔になって、フロリダで酒に溺《おぼ》れた暮らしをしているという。

クロフォードはたぶん後頭部にクラリスの視線を感じたのだろう。副操縦士席から立ちあがった。彼がそこから後ろに移り、クラリスの隣りの席でベルトを締めると、操縦士はトリム・ホイールに触れて機の平衡を保った。サングラスを折りたたんでハーフグラスをかけたクロフォードを見て、クラリスは、彼がまた知っている人間にもどったような気がした。

クロフォードがクラリスの顔から報告書に、そして再び彼女に視線をもどしたとき、彼の顔の裏には何かがよぎり、すぐに消えた。クロフォードより活気に富む顔だったら、そこには悔恨の色が浮かんでいただろう。

「暑いな、きみは暑くないか？」クロフォードは言った。「ボビー、ここは暑すぎるんだがな」操縦士に声をかけた。ボビーが何かを調整すると、冷気が入ってきた。しめった機内にたちまち雪片のようなものがいくつか生まれ、クラリスの髪に付着した。

ジャック・クロフォードの狩りがはじまった。その目は明るい冬の日のように輝いていた。

ファイルをめくって、アメリカ中部と東部の地図をひらく。死体が発見された地点に印がついていた――散らばった点はオリオン座のように沈黙したまま弧を描いている。

ポケットからペンをとりだすと、クロフォードは最新の地点、これから二人が向かう地点に印をつけた。

「エルク川だ。国道七十九号線の十キロほど南。こんどはラッキーだった。死体は流し釣りの糸――水中に仕掛けた釣り糸に引っかかっていたんでね。さほど長時間水に漬かっていたとは見なされていない。いま、郡庁所在地のポターに運ばれているところだ。一刻も早く身元を知りたいんだがね、誘拐の目撃者を捜し出せるように。指紋は採れしだい地上通信線を利用して送り返すつもりだ」首をかしげ、眼鏡の下部を透かしてクラリスの顔を見る。「きみは浮遊死体の扱いには慣れていると、ジミー・プライスが言っていたが」

「死体の全体を扱ったことは一度もないんです」クラリスは言った。「プライスさんが毎日郵便で受けとる手の指紋を、採っていました。かなりの数が浮遊死体のものでしたが」

ジミー・プライスの下で働いた経験のない人間は、彼のことを愛すべき因業爺《いんごうじじ》いだと思っている。世の因業爺いの常で、彼は実際偏屈な老人なのである。ジミー・プライスはワシントン鑑識局の潜在指紋係主任だ。クラリスは科学捜査特別研究員として、彼の教えをしばらく実地に受けたことがある。

「あのジミー」クロフォードの口調には親愛の念がこもっていた。「あの仕事にはどんな別名があるんだっけな……」

「職務自体は〝鑑識屋〟ですね。フランケンシュタインの助手になぞらえて〝イゴール〟なんて呼ぶ人もいますけど――事実、あそこで支給されるゴム・エプロンにはそう印刷されているんです」

「そうだったね」

「自分は蛙《かえる》を解剖しているんだと思えと、あそこでは言われるんです」

「なるほど――」

「そのうち、宅配便で届いた荷物を渡されるんですね。みんな興味津々《しんしん》と見守っていて――コーヒーを飲みにいっていたのに急いでもどって見物する者までいるんです、こっちが嘔吐《おうと》するんじゃないかと、それを楽しみに。わたし、浮遊死体の指紋の採取なら自信があります。事実――」

「わかった。じゃあ、こんどはこの問題を考えてくれ。われわれの知る限り、やつの最初の犠牲者と思われる女性は、去年の六月、ミズーリ州ローン・ジャックの郊外、ブラックウォーター川で見つかった。ビンメルというその若い女性は、それより二ヶ月さかのぼる四月十五日に、オハイオ州のベルヴィディア(Belvedere)で失踪《しっそう》したらしく、届けが出ている。この失踪前後の状況に関しては、あまり手がかりがない――身元の確認だけで、発見後三ヶ月もかかってしまった。次の犠牲者を、やつは四月の第三週にシカゴでさらった。死体が発見されたのは、インディアナ州ラファイエットの中心部、ウォバッシュ川。誘拐のきっかり十日後だったので、彼女がどういう仕打ちを受けたか確認できた。次に犠牲になった白人女性は二十代前半で、ケンタッキー州ルイヴィルの南約六十キロ、インターステート六十五号線近くのローリング・フォーク川に投げ込まれていた。彼女の身許《みもと》はいまに至るも確認されていない。次がインディアナ州エヴァンズヴィルでさらわれたヴァーナーという女性でね。彼女はイリノイ州東部のインターステート七十号線の真南、エンバラス川に放り込まれていた。

　それから彼は南に移って、ジョージア州ダマスカスの南を流れるコナソーガ川に次の死体を投げ捨てた。そこはインターステート七十五号線を下ったところだがね。その被害者がピッツバーグ出身の、このキトリッジという女性だ――これが彼女の卒業写真。ビルの悪運の強さといったら桁《けた》外れだな――女性をさらうところを一度も目撃されていないんだから。死体を投棄する場所がインターステートの近く、という点を除くと、いまのところ、決まったパターンもないようだ」

「死体を投げ込んだ場所から、交通量の多いルートを逆にたどった場合、一点に収斂《しゅうれん》されるということは?」

「ないね」

「じゃあ、彼が一回のドライヴで死体の投棄と新たな誘拐を同時に行っていたと……仮定した場合は……どうでしょう?」〝推測〟という禁句を慎重に避けながら、クラリスは訊《き》いた。「彼はおそらく、死体の投棄を最初にすましますよね、次の犠牲者をさらう際につまずいた場合に備えて?　そうしておけば、だれかをさらおうとしてつかまった場合でも、車内に死体がないわけだから、単なる暴行未遂罪に問われるだけで、あとは弁護でなしくずしにしてしまう。だから、それぞれの誘拐地点から、その前の投棄地点を通る線を逆に引いてみたらどうでしょう？　それ、もうおやりになってるんですね」

「それはいい着眼だが、ビルのほうでも頭に入れているね。彼が現実に一回のドライヴで二つの行為をしているんだとすると、意識的に、かなりジグザグに動いているんじゃないかな。われわれはコンピュータ・シミュレーションをやってみたんだよ。最初に彼はインターステートを西に向かう。次は東に向かう。それと、投棄と誘拐にいちばん相応《ふさわ》しい日を選んで、いろいろな組み合わせで試してみた。コンピュータにインプットしてみると、かすかな煙程度は出てくる。やつは東部に住んでいる、とコンピュータは言う。月齢のサイクルに従って動いているわけでもない、ともコンピュータは言う。もろもろの都市で行われる各種のコンヴェンションの日どりとも一致しない。出てくるデータは脈絡のないものばかり。そう、やつはわれわれが追及の手をのばしているのに気づいているんだよ、スターリング」

「自殺行為をしてしまうような、ずぼらな男じゃないと見ているんですね、課長は」

クロフォードはうなずいた。「絶対に、そんなずぼらな男じゃない。やつはやつなりに有意義な関係を女性と持つ法を発見したし、それを大いに実践する気でいる。自殺行為をしでかすだろうという期待は一切持ってないね、わたしは」

クロフォードは魔法瓶の水を一杯操縦士にまわし、クラリスにも一杯渡した。自分用のにはアルカセルツァーをまぜた。

機が降下態勢に入ると、クラリスのみぞおちが引きつった。

「二、三、注意しておきたいんだがね、スターリング。きみには第一級の鑑識の成果をあげてもらいたいが、望んでいるのはそれだけじゃない。きみは口数がすくないが、それはそれでけっこうだ、わたしも同じだから。だが、新事実をつかまない限りわたしには何も提起できない、などとは絶対に思わないでくれ。愚劣な質問、などというものは存在しないのだから。きみはわたしの気づかない事柄に気づくだろうし、こちらはそれを知りたいんだ。きみにはそういう才能があるかもしれないしな。本当にあるかどうかを確認するチャンスが、突然訪れたわけだ」

みぞおちが引きつり、顔はその場に相応しく高揚した表情を帯びているのを意識しつつ、クラリスは彼の言葉を聞きながら考えていた。クロフォードはいったいいつから自分をこの件に起用しようと考えていたのだろう。自分を起用する機会をどれくらい切実に望んでいたのだろう。いずれにせよ、彼はリーダーであり、リーダーに相応しい率直であけっぴろげな器量を備えていることはたしかだ。

「やつのことに思いを凝らし、やつのいたところを自分の目で見る、するとなんとなくビルという男の感触がつかめてくるはずだ」クロフォードはつづけた。「信じられないかもしれないが、ときに、やつに対する憎悪《ぞうお》が薄れることすらあるかもしれない。そのうち、もし幸運に恵まれれば、累積《るいせき》した情報の中の何かがきみの神経に働きかけ、きみの注意を引こうとする。そういうときがきたら、必ずわたしに教えてくれ、スターリング。

いいかい、犯罪というやつは捜査によって攪乱《かくらん》されなくとも、本来混迷しているものなんだ。警官たちの群れに惑乱されないようにしたまえ。自分の目がとらえるもののみを信じ、自分の脳裏で聞こえる声に耳を傾けるんだ。自分の周囲の出来事から犯罪を切り離して、いかなるパターンも、比較対照性もやつに当てはめてはならない。意識に一切の枠をはめず、あの男のほうからきみの前に姿を現すのを待つんだ。

もう一つ——この種の捜査は動物園に似ている。それは多くの管轄《かんかつ》区にまたがっていて、そこには少数ながら無能な連中に牛耳られている区もまじっている。そういう連中とも——われわれに隠し事をさせないように——うまく付き合っていくことだ。われわれはこれからウェスト・ヴァージニアのポターに向かう。そこでどういう連中と付き合うことになるのか、いまはわからない。彼らは優秀な連中かもしれんし、われわれを密輸監視官と見なすような連中かもしれない」

操縦士がヘッドフォンを頭からはずし、後ろに首をよじって言った。「着陸態勢に入るぜ、ジャック。そのままその席にいるかい？」

「ああ」クロフォードは言った。「授業は終わりだ、スターリング」

12

ウェスト・ヴァージニア州ポターのポター・ストリートで最大の白い木造家屋、これがポター葬儀社で、ランキン郡の死体安置所の役割も果たしています。検視官はドクター・エイキンという開業医でして、もし彼が死因に不審な点があると判断したら、死体は熟練の病理学者のいる隣りの郡のクラクストン地域医療センターに送られるんですよ。

保安官事務所のパトカーの後部座席にすわって飛行場からポターの中心部に向かっていたクラリス・スターリングは、前部座席との境の金網に上体を押しつけるようにして、ステアリングを握っている保安官補がジャック・クロフォードに説明している内容を聞き洩《も》らすまいとした。

死体安置所では葬儀が行われようとしていた。田舎の晴れ着に身を包んだ会葬者たちが、ひょろっとしたツゲの木にはさまれた歩道に並んだり、階段の上に集まったりして、入場を待っている。塗装したての家屋と階段は、向きがちぐはぐで、ややずれていた。

家屋の裏の、霊柩車《れいきゅうしゃ》の待機している専用駐車場では、二人の若手の保安官助手、一人の年配の助手、それに二人の州警察官が、裸の楡《にれ》の木の下に立っていた。いまは彼らの吐息が白くなるほど寒くはない。

駐車場にすべり込むパトカーの中から彼らを見て、どういう育ちの連中か、クラリスはすぐに察しがついた。彼らの生まれた家には、おそらく、クローゼットの代わりにシフォローブという簡易タンスがあったはずだ。そのシフォローブにどんなものがつまっていたかも、想像がつく。彼らの親類には、トレーラー・ハウスの壁にかけたスーツバッグに衣類を吊《つ》るしているような連中もいるにちがいない。年配の保安官助手は、ポーチに井戸ポンプのあるような家で育ったことだろう。そして、道が泥でぬかる春には、靴を首から靴紐《ひも》で吊るして、スクールバスをつかまえたのではないだろうか。まさしくクラリス自身の父親がそうしていたように。彼らはランチを紙袋に入れて学校に通ったに相違ないのだが、その紙袋は何度もくり返し使うため油のしみがついていたはずだ。そしてランチがすむと、紙袋をたたんでジーンズの尻《しり》ポケットにすべりこませたのだ、きっと。

クロフォードは彼らのことをどれくらい知っているのだろう。

運転手とクロフォードがパトカーから降りて葬儀社の裏手に向かいかけたとき、後部ドアの内側には把手《とって》がないことにクラリスは気づいた。懸命にガラス窓を叩《たた》くと木の下にいた保安官助手の一人が気づき、運転手が赤面しながらもどってきて彼女を外に出してくれた。

通りすぎるクラリスを、助手たちは横目で見ていた。一人が、どうも、と声をかけてくる。クラリスは軽く会釈《えしゃく》し、さえない連中にふさわしい程度の笑みを浮かべて、裏のポーチにいるクロフォードに追いついた。

クラリスが十分に遠ざかると、新婚ほやほやの若い保安官助手が顎《あご》を掻《か》きながら言った。「彼女、自分で思ってる半分も美人じゃねえな」

「自分はとびっきりの美人だと思ってんなら、おれは文句のつけようがないけどね」もう一人の若い保安官助手が言う。「おれは大型ガスマスクみたいに、彼女を装着してえや」

「わたしはでかいスイカを食わせてもらうほうがよっぽどいいね、冷えてるやつがあれば」半ば独りごちるように、年配の保安官助手が言った。

クロフォードは早くも主任保安官補と話し合っていた。彼はいかめしい顔つきの、鉄縁の眼鏡をかけた小柄な男で、〝ロメオ〟というタイプの、ゴム素材を側面にあしらったブーツをはいていた。

一行は葬儀社の薄暗い裏手の通路に入った。そこではコークの自販機が低い唸《うな》り音を発しており、雑多なものが壁に立てかけてあった――足踏み式のミシン、三輪車、ひと巻きの人工芝、ポールに巻きつけてある縞《しま》模様のキャンヴァスの日よけ。壁にはオルガンの鍵盤《けんばん》に対している聖セシリアの絵のセピア色の複製画。彼女の編んだ髪が頭をとりまいていて、鍵盤にはどこからかバラの花弁がこぼれ落ちている。

「迅速に連絡してくれて感謝しているよ、保安官」クロフォードは言った。

主任保安官補はのってこなかった。「あんたに電話したのは地方検事局のだれかだよ。保安官があんたに電話したはずはないんだ。パーキンス保安官は目下、奥さん同伴でハワイに観光旅行にいってるんでね。けさの八時、ハワイの現地時間では午前三時だったが、長距離電話で彼と話したんだ。後でゆっくりわたしに電話をかけ返してくることになってるんだが、とりあえず、被害者が地元の女性かどうか調べるように、と言われたよ。余所者《よそもの》がこの土地にやってきて捨てた可能性もあるからね。まず第一にその点をはっきりさせないと。アラバマのフェニックス・シティからわざわざここまでやってきて死体を捨てた例もあるんだから」

「われわれが力になれるのはその点なんだよ、保安官。もし——」

「ついさっきまで、チャールストンの州警察現場統括部長と電話で話していたんだがね。彼が犯罪捜査課、あのCISってセクションから捜査員を何人か送ってくれるそうなんだ。必要な支援はすべて実行してくれると言ってたよ」通路は保安官助手や州警察官で埋まりかけていた。主任保安官補にとっては、見たこともない数の聴衆だっただろう。「できるだけ早くそちらの要望にも応じるよ。こちらとしても礼儀は尽くすし、可能な限りの協力を惜しまないつもりだ。でも、いまは——」

「この種の性犯罪には、あんたとわたし、男同士で話し合ったほうがいい側面もあるんだがね、おわかりいただけると思うが」クロフォードは軽く頭を振って、クラリスの存在に注意を促した。それから小柄な主任をせきたてるようにして通路のわきの雑然と散らかった部屋に押し込み、ドアを閉めた。クラリスはがやがやとうるさい保安官助手たちの前で怒りを隠さなければならなかった。歯をぐっと噛《か》みしめて聖セシリアの絵に目を凝らし、聖女の優美な笑みに笑みで応《こた》えながらドアの向こうに聞き耳を立てた。昂《たか》ぶった声の応酬に次いで、電話の会話の断片が聞こえた。四分とたたないうちに、二人は通路に出てきた。

主任保安官補はぐっと口元を引き締めていた。「オスカー、正面のほうにまわって、ドクター・エイキンをつれてきてくれ。彼は一般の葬儀に出席する義務もないわけじゃないが、あっちはまだはじまっちゃいまい。クラクストンから電話が入っていると伝えてこいよ」

検視官のドクター・エイキンが小さな部屋に入ってきた。片足を椅子《いす》にかけ、キリストの絵をあしらった葬儀社の宣伝用のうちわで前歯をこつこつと叩きながら、クラクストンの病理学者と簡単に電話で打ち合わせをした。それから、すべてに同意した。

かくしてクラリス・スターリングは、馴染《なじ》みのある白い木造家屋の中の、高い天井の下に額長押《がくなげし》のある、セイヨウバラの柄の壁紙の貼《は》られた死体防腐処理室で、バッファロウ・ビルの犯罪の直接証拠に初めてあいまみえたのだった。

きちんとジッパーのかかった鮮やかな緑色の遺体袋は、その部屋で唯一《ゆいいつ》近代的な物だった。それは古風な陶器の防腐処理台にのっていて、套管針《とうかんしん》やロックハード体腔液《たいくうえき》のパック等が入っているあちこちの棚のガラス戸に反映していた。

クロフォードは指紋電送機をとりに車に引き返し、クラリスは壁際《かべぎわ》の大きなダブル・シンクの水切り台に持参の機材を並べた。

周囲には人が多すぎる。数人の保安官助手に主任保安官補、みんながクロフォードやクラリスたちと一緒に入ってきてしまっていて、いっこうに出ていく気配がない。

まずい。どうしてクロフォード課長は彼らを追いだしてくれないのだろう？　ドクター・エイキンが埃《ほこり》まみれの大型換気扇をまわすと、壁紙が風をはらんで波打った。

水切り台の前に立ったクラリス・スターリングはいま、海兵隊のいかなる空挺《くうてい》隊員たちよりもその場にふさわしい、断固たる勇気を示す必要に迫られていた。あるイメージが甦《よみがえ》ってきた。それはクラリスに力を与えてくれたばかりか、彼女の胸を刺し貫いた。

流しの前に立って、父の帽子の血を洗い流している母。帽子に冷たい水をかけながら、母が言う――「大丈夫よ、クラリス。弟や妹たちに、顔や手を洗ってテーブルにつくように言いなさい。みんなで話し合うの。それから夕食の準備をしましょう」

クラリスはスカーフをとって、山村の産婆《さんば》のように髪を包んで縛った。用具キットから外科用の手袋をとりだす。それから、ポターにきて初めて口をひらくと、いつもより鼻にかかった声になり、その力強い響きを耳にしたクロフォードは急いでドアに歩み寄って耳を傾けた。

「みなさん。みなさん！　関係当局のみなさん！　ちょっと聞いて。おねがい。これから彼女の検査に移らせてほしいの」両手を彼らの顔の前に突きだしてゴム手袋をはめた。「彼女のためにすべきことがあるんです。あなた方はこんなに遠くまで彼女を運んできてくれた。きっとご遺族はあなた方に感謝すると思うわ。さあ、どうぞ外に出て、あとはわたしに任せてください」

クロフォードが見ていると、彼らは急に静かになった。顔には敬意の色を浮かべて、互いに小声で外に出ようとせっつき合った——「なあ、ジェス、庭に出ようや」そしてクロフォードは、死者を目前にしてこの部屋の空気が一変したのに気づいたのだった。この犠牲者がどこのだれであれ、川に運ばれてこの地にたどり着いたのであり、この地のこの部屋に息絶えて横たわっている限り、クラリス・スターリングは彼女と特別な関係を保つのだ。クロフォードにはわかった、この場にいるスターリングは産婆たちの、女の長老たちの、薬草治療師たちの、後継者なのだ。そう、必要なことを常にこなし、通夜《つや》をつかさどり、それが終わるとこの地の死者を洗い清めて死装束を着せてやった、この地の筋金入りの女たちの後継者なのである。

やがてそこにはクロフォード、クラリス、それに被害者の死体とドクターだけが残された。クラリスとドクター・エイキンは互いに相手に一目置くように見つめ合った。二人とも、奇妙な満足感ときまり悪さを同時に覚えていた。

クロフォードがヴィックス・ヴェポラップ軟膏《なんこう》の壜《びん》をポケットからとりだして、二のまわりに軟膏を塗りつけたので、彼女もそれにならった。

　クラリスは二人に背を向けて水切り台の前に立った。装備袋からカメラをとりだしていると、背後で遺体袋のジッパーが下ろされる音がした。

　壁紙のセイヨウバラを見つめて息を吸い込み、ゆっくりと吐きだす。ぐるっと向き直って、テーブルの上の死体に視線を注いだ。

「付着している証拠を保全するために、両手を紙袋で包まなければいけなかったのに。全部すんだら、わたしがやります」カメラの自動露出を手動に切り替えてから、クラリスは慎重に死体の撮影にとりかかった。

　被害者はどっしりした腰の若い女性で、クラリスが巻尺で計ると身長は百七十センチあった。皮を剝《は》がれた部分は流水で洗われて灰色に変色していた。が、水は冷たかったし、彼女が水に漬かっていたのはせいぜい二、三日程度だった。胴体部分は、乳房の真下が横一文字にきれいに切開され、そこから膝《ひざ》まで皮が剝いである。闘牛士ならパンツとサッシュで覆《おお》われる部分だ。

　乳房は小ぶりで、そのあいだの胸骨の上に、明らかな死因の痕跡《こんせき》があった。掌《てのひら》ほどの幅で、ギザギザの、星の形をした傷。

丸い頭部は眉《まゆ》のすぐ上から頭頂までと、耳から首筋まで、皮が剝いである。

「彼はいずれ頭の皮を剝ぎはじめるだろう、とレクター博士が予言していました」クラリスは言った。

彼女が写真を撮っているあいだ、クロフォードは腕組みをして立っていた。「耳の部分をポラロイドで撮ってくれ」とだけ、彼は言った。

それから、珍しく口をすぼめて死体の周囲を歩きまわる。クラリスはゴム手袋を脱いで、死体のふくらはぎを指先で撫《な》であげた。死体にからみついて流水に運ばれるのを防いでいた流し釣りの糸の一部と三叉《みつまた》の釣り針が、まだ脚の下部に巻きついていた。

「何がわかった、スターリング？」

「そうですね、まず地元の人間ではないということ——両耳に三箇所ピアスの跡がありますし、グリッターのネイル・マニキュアをしています。だから、都会の女性のように見えますね。脚の毛はたぶん、二週間は剃《そ》っていません。毛がとても柔らかそうに見えますよね？　脚にワックスを塗っていたんだと思います。脇《わき》の下にもね。それから、ほら、上唇の上のうぶげを漂白していますよね。かなり丹念に体の手入れをしていた女性だったんですね。でも、ここしばらくは手入れができなかったわけです」

「その胸の傷はどう思う？」

「わかりません。銃弾の貫通痕と言いたいところですが、体内に飛び込んだ銃弾が上皮組織と摩擦してできた擦過痕の一部のようにも見えますし、上の部分は体内に閉じ込められたガスの圧迫で皮膚が剝がれた痕《あと》のようにも見えます」

「いいぞ、スターリング。あれは胸骨に銃口を当てて接射した痕なんだ。銃撃によるガスが胸骨と皮膚のあいだに広がって、弾痕の周囲で星形に炸裂《さくれつ》したんだよ」

葬儀社の表のほうで葬儀がはじまったらしく、壁の向こうでパイプ・オルガンの音が喘《あえ》ぐような音をたてはじめた。

「〝不法死亡〟ですね」ドクター・エイキンは私見を述べて、うなずいた。「あっちで行われている葬儀には、わたしも一部参加しなければならんのです。最後の見送りにはわたしも当然加わると、遺族の方々には思われていますのでね。ラマーがきてお手伝いするはずですから、葬送の音楽の演奏がすみしだい。クラクストンの病理学者のために証拠を保存する、とあなたはおっしゃった。その言葉を信じていますよ、クロフォードさん」

「左手の二本の指の爪《つめ》が剝がれていますね」ドクターが消えると、クラリスは言った。「下の肉が見えるところまで剝がれていて、他の爪の裏には砂か、何か硬い粒子が入り込んでいるようです。証拠を採っておきましょうか？」

「粒子のサンプルを採っておいてくれ。それと、マニキュアのポリッシュの薄片もいくつか」クロフォードは答えた。「鑑定結果が出たら、彼らに伝えることにしよう」

クラリスが採取にとりかかっているあいだに、葬儀社の助手のラマーが入ってきた。瘦身《そうしん》の男で、顔の真ん中のあたりが酒焼けしていた。「あなたは以前、ネイル・マニキュアのプロだったんじゃないですかい」彼はクラリスに言った。

死体の掌に爪でひっかいた痕がないのを見て、三人は安堵《あんど》した——それは、他の犠牲者たち同様、凄惨《せいさん》な仕打ちを受ける前に、その若い女性が絶命していたことを示しているのだ。

「指紋は彼女をうつ伏せにして採るかい、スターリング？」クロフォードが訊《き》いた。

「そのほうが楽ですね」

「最初に歯をやろう。それがすんだら、ラマーに手を貸してもらって、うつ伏せにしようじゃないか」

「写真だけにしますか、それとも、カルテも作成します？」指紋採取用カメラの前部に歯の撮影キットをとりつけながら、クラリスは、必要な部品がすべてバッグに揃《そろ》っているのを見て内心ほっとしていた。

「写真だけにしておこう」クロフォードは答えた。「レントゲン写真抜きのカルテだと、判断を誤まる可能性があるからね。歯の写真があれば、行方不明の女性のうち何人かは除外できるさ」

オルガン奏者だけあって、ラマーの手つきは実に優しかった。彼はクラリスの指示に従って若い女性の口をひらき、クラリスがポラロイドを顔に近づけて前歯の細部写真を撮るあいだ、上下の唇を反り返らせてくれた。そこまでは簡単だったのだが、口《こう》蓋《がい》反射鏡を使って臼歯《きゅうし》を撮る段になると、頰を透過する光を横から見て、レンズの周囲のストロボが口内を照らしているかどうか確かめる必要があった。この作業は法医学の授業でしか見たことがない。

臼歯を写した最初のポラロイドの印画がしだいに鮮明になるのを見て、クラリスは光度を調整してもう一枚撮った。こんどの印画はもっとよかった。とても鮮明に写っている。

「喉《のど》に何かつまっているようですね」クラリスは言った。

クロフォードが写真を見た。軟口蓋のすぐ奥に黒っぽい円筒形のものが見えた。

「懐中電灯を貸してくれ」

「死体が水からあがると、葉っぱやら何やらいっぱい口につまっていることがよくありますよ」クロフォードが口中を覗《のぞ》くのを手伝いながら、ラマーが言う。

クラリスは鉗子《かんし》を何本かバッグからとりだした。死体を挟んでクロフォードの顔を見ると、彼はうなずいた。問題の物はすぐにとりだせた。

「何だろう、何かの種の莢《さや》かな?」と、クロフォード。

「いえ、昆虫の繭《まゆ》ですよ」ラマーが言った。そのとおりだった。

クラリスはそれを壜に入れた。

「郡の捜査官に見せたほうがいいでしょう」ラマーが言った。

うつ伏せにすると、死体の指紋の採取は容易だった。クラリスは最悪のケースを想定していたのだった――が、単調ながら細心の注意を要する注射法や指サックを用いる方法などには頼らずにすんだ。指紋は靴べらのような形の装置にセットされた薄いカードに採った。参照材料として、病院からとりよせた乳児期の足型しかない場合に備えて、足紋も採っておいた。

肩の上部からは二箇所、三角状に皮膚が切りとられていた。クラリスはその部分の写真も撮った。

「寸法もはかっておいてくれ」クロフォードが言った。「やつはアクロンの女性のブラウスを切り裂いたとき、彼女の背中も切ったんだ。かすり傷程度だったんだが、道路わきでブラウスが見つかったとき、背中の部分が切り裂かれていた長さと、傷の長さが一致したのさ。しかし、こういう三角状の切られ方はいままでになかったな。見たことがないよ」

「ふくらはぎに火傷《やけど》のようなものがありますね」クラリスは言った。

「老人はよくそういう火傷を負いますね」と、ラマー。

「何だって？」クロフォードが言った。

「老人はよくそういう火傷をする、と言ったんです」

「それはちゃんと聞こえたよ。そのわけを説明してほしいんだ。老人はどうしてそういう火傷を負うんだい？」

「老人はよくヒーティング・パッドを敷いたまま亡《な》くなるし、そういうときは、たとえそれほど高温にセットされていなくても火傷をするものなんで。死んだらパッドに触れた部分が火傷を負うんです。その部分の血液の循環が止まっているのでね」

「クラクストンの病理学者に確かめてもらおう。死後に生じたものかどうか」クロフォードはクラリスに言った。

「この女性の場合は車のマフラーじゃないですかね、さだめし」ラマーが言う。

「何だって？」

「だから、車のマフ――」大声で言いかけてから、ラマーは声を落とした。「車のマフラーですよ。以前、ビリー・ペトリーが射殺されて、犯人一味に自分の車のトランクに放り込まれたことがあったんですがね。それと知らずに、かみさんが彼を探してその車を二、三日乗りまわしていた。で、彼はここに運び込まれたんですが、トランクの下のマフラーが熱くなったせいで、ちょうどそういう火傷を彼は負ってましたっけ。場所は腰でしたがね。わたしは食料品なんぞ、まず自分の車のトランクに入れません、アイスクリームが溶けてしまうもんで」

「それは卓見だね、ラマー。きみにはわたしの部下になってほしいくらいだ」クロフォードは言った。「で、川に沈んでいた彼女を発見した連中を知ってるかい？」

「ジャッボ・フランクリンと、弟のブッバです」

「どんなことをしてるんだ、その二人は？」

「ムースという店で喧嘩《けんか》をしたり、自分たちにからんでもいない連中をからかったりしてますよ。わたしが一日中遺族の相手でくたくたになって、一杯やりにムースにいったりしますね。するとやつはこうですからね——〝そこにすわんな、ラマー、そこで『フィリピノ・ベイビー』を弾けよ〟。あのじとじとしたオンボロのバー・ピアノで、何度も何度も『フィリピノ・ベイビー』を弾かせられてしまう。ジャッボはそういうやつなんです。〝歌詞を知らねえんなら、おまえが考えな。こんどはちゃんと韻を踏む歌詞をつくるんだぜ〟と、こうです。彼は復員軍人援護局から恩給をもらってましてね、クリスマスになる頃には酒の気を抜いて援護局にいくんです。あいつがこのテーブルに横たわる日がくるのを、もう十五年も待ってるんですよ、わたしは」

「釣り針の穴についてはセロトニン・テストをすることになるだろうな」クロフォードが言った。「病理学者にメモを送っておくから」

「あいつらの針はくっつきすぎてるんで」ラマーが言った。

「何だって？」

「フランクリン兄弟はですね、針の間隔が狭すぎる流し釣り糸を使ってるんですよ。それは違法行為なんです。それであの二人は今朝になるまで通報しなかったんでしょうよ」

「見つけたのは鴨撃《かもう》ちのハンターだと、保安官は言ってたが」

「あの二人だったら、そう名乗ったでしょうな。おれたちは昔ホノルルでデューク・ケオムカとプロレスをやったんだ、などと平気で吹きまくる連中です、サテライト・モンローとタッグを組んで、などとね。まあ、信じたけりゃ信じればいいんですけども。とにかく、うっかりしてると、ズダ袋でシギを捕りにいこうなんて、とんでもない大法螺《おおぼら》話に乗せられてしまいますからね。ビリヤードの玉入りのビアグラスなんか渡されて」

「で、どういうわけで死体が見つかったんだと思う、ラマー？」

「フランクリン兄弟は流し釣りをしてました。あの違法の針を使った流し釣りをね。で、魚がかかったかどうか、糸を引きあげたんでしょう」

「そう見る根拠は？」

「このご婦人はまだ浮きあがるような状態じゃなかったですから」

「そうだろうな」

「だから、あの二人が糸を引きあげなかったら、死体も見つからなかったでしょう。最初二人はブルって逃げだしたんでしょうが、結局は通報した。この件では、猟区の管理人に調べてもらうことになるんでしょうね」

「そうなるだろうね」

「あの二人、愛車のダッジ・ラムチャージャーのシートの後ろに手まわし式の電話機をのせてることがよくあるんで。ありゃ、監獄送りにならないまでも、えらい罰金ものですからね」

クロフォードが眉を吊《つ》りあげた。

「電話機で魚をつかまえるんですよ」と、クラリスが口を添えた。「水中にコードをたらしておいて、電話機のクランクをまわす。そうやって魚を感電させるんです。で、水面に浮きあがってきたところをすくいあげる」

「そのとおり」ラマーは言った。「あんた、この辺の生まれで？」

「いろいろな場所でやってるわ、そういう密漁は」

遺体袋のジッパーが閉められる直前、クラリスは死体の女性に何か言葉をかけたい衝動に駆られた。自分の思いを手ぶりで示すか、あなたの死を無駄にはしない、というようなことを言いたかった。が、結局は首を軽く振って、サンプルをケースにしまうことに専念した。

死体と当面の課題が目前から消えると、その場の雰囲気が変わった。ふっと緊張がほどけた瞬間、自分のしていたことが意識にのぼった。クラリスはゴム手袋を脱いで、流しの水道の栓をひねった。背中を部屋に向けて、両手首に水をかける。水道の水はさほど冷たくはない。見ていたラマーが通路に消えた。コークの自販機からもどってきた彼は、よく冷えているコークを、蓋《ふた》をあけないままクラリスに差し出した。

「けっこうよ」クラリスは言った。「いまは飲む気がしないから」

「いえ、これをね、首の下に押しつけるといいんですよ」ラマーは言った。「その、頭の後ろのちっちゃなこぶにも。冷やっとして、気分がよくなりますよ。わたしはよくなるんです」

クラリスが病理学者宛《あて》のメモを遺体袋のジッパーにテープで貼《は》りつけ終わった頃、クロフォードの指紋電送機がオフィスのデスクでカタカタと鳴っていた。

こんどの被害者が犯行から間をおかずに発見されたのは幸運だった。クロフォードは彼女の身許《みもと》を迅速に特定し、その自宅近辺を徹底的に洗って誘拐の目撃者探しに結びつけるつもりでいた。それは関係者にとって頭の痛い手法だったが、短時間に結果が得られるのもたしかだった。

クロフォードはリットン社のポリスファクス指紋電送機を携帯している。連邦機関支給のファクスとちがって、ポリスファクスはほとんどの大都市の警察システムと相性がいい。クラリスが仕上げた指紋カードはまだ乾き切っていなかった。

「送ってくれ、スターリング、きみは手先が器用だからな」

指紋をこすってぼかさないように、というのが彼の言いたい本音だった。クラリスはやってのけた。全国六箇所の無線室を待機させておいて、糊《のり》で貼り合わせた合成カードを小さなドラムに巻きつけるのはひと苦労だった。

その間クロフォードはＦＢＩの交換台とワシントンの無線室に電話をかけていた。

「みんな待機しているかい、ドロシー？　よし、みんな聞いてくれ、画像の鮮明度を保たせるために、送信速度を百二十に落とすからな——いいか、百二十だぞ、みんな。アトランタ、どうだ？　よし、じゃあ、画像送信に切り替えてくれ……いまだ」

次の瞬間、鮮明度を保つべくドラムは低速で回転しはじめて、FBIの無線室と東方の主要警察の無線室に死んだ女性の指紋を同時に送りだした。もし、シカゴ、デトロイト、アトランタ、その他の都市で、その指紋に適合する女性が特定されれば、数分とたたないうちにしらみつぶしの捜査が開始されるだろう。

次にクロフォードは被害者の歯の写真と顔写真を送った。万が一写真が低俗な新聞の手に落ちた場合に備えて、頭にはクラリスの手でタオルがかぶせてあった。

二人が帰る頃になって、ウェスト・ヴァージニア州警察犯罪捜査課の三人の捜査員がチャールストンから到着した。クロフォードは握手をくり返し、全国犯罪情報センターのホットラインの電話番号が刷り込まれた名刺を三人に配った。見ていてクラリスは、クロフォードが苦もなく三人を男同士の連帯モードに引っ張りこんでしまうのに感心した。〝もちろん、何かわかったらすぐ電話するとも、絶対に〟。〝ありがたい、そうしてもらうと助かるよ〟。もしかすると、それは単なる男同士の連帯とはちがうのかもしれない、と彼女は思った。自分の胸も高鳴ってきたからだ。

クロフォードとクラリスが保安官補と乗り込んだ車がエルク川に向かって走りだす

と、ラマーはポーチから指を振った。コークはまだかなり冷たかった。ラマーはそれを倉庫に持ち込んで、やる気の出るドリンクをこしらえた。

「わたしは鑑識で下ろしてくれ、ジェフ」クロフォードはドライヴァーに言った。「それからスミソニアンで、スターリング捜査官が出てくるのを待っててくれないかな。彼女はそこからクワンティコに向かうから」

「わかりました」

13

彼らはナショナル空港からワシントンのダウンタウンに向かっていて、夕食をすませた連中の車の流れに逆らいつつポトマック川を渡っているところだった。

運転している若い男性はクロフォードに畏怖《いふ》の念を抱いているらしく、必要以上に慎重に運転しているな、とクラリスは見ていた。無理もない、と彼女は思う。クロフォードの指揮下で〝大チョンボ〟をしでかした最後の捜査官は、いま、北極圏周辺の遠距離早期警戒レーダー網下の各基地における窃盗事件の捜査に当たらせられている、とアカデミーでは信じられているのだから。

クロフォードは不機嫌だった。被害者の指紋や写真を送信してから九時間経過したのに、身許はまだ割れていないのだ。彼とクラリスはウェスト・ヴァージニア州警察の捜査員たちと橋や川岸を暗くなるまで調べたのだが、何も出てこなかった。帰りの飛行機の機上で、クロフォードが自宅の夜勤看護師の手配を電話でするのを、クラリスは聞いている。

あのブルー・カヌーの後ではFBIの並みのセダンでも素晴らしく静かで、会話もずっと容易だった。

「きみの採った指紋を鑑識に運んだら、ホットラインで情報を流して、〝潜在指紋記述子インデックス〟にかけてみるつもりだ」クロフォードは言った。「ファイルに挿入するデータの下書きを用意してくれないかな。挿入用のやつだ、三〇二号書式ではなくて——やり方は知ってるかい？」

「知っています」

「わたしがインデックスだと思って、新しい事実を言ってみてくれ」

クラリスは一秒で答えをまとめた——通りかかったジェファーソン記念館に設けられた足場にクロフォードが気をとられていたので助かった。

鑑識課のコンピュータに組み込まれた〝潜在指紋記述子インデックス〟は、現在捜査中の犯罪の特徴がインプットされると、すでにファイルされている犯罪者の既知の性癖と照合する。そして明白な類似点を探知した場合、その容疑者を指摘して彼らの指紋を示すのだ。すると生身の係官が犯罪現場で発見された潜在指紋をファイル中のその指紋と照合するわけである。バッファロウ・ビルの指紋はまだファイルに入っていないが、クロフォードはいつでも照合できる態勢を整えておきたいのだった。

システムは短い簡潔な記述を必要とする。クラリスはそれに応じられるよう試みた。

「白人女性、十代後半から二十すぎ。射殺。胴体下部と太腿《ふともも》の皮が剝ぎとられ《フレイ》ている――」

「スターリング、やつが若い白人女性を殺して、胴体の皮を剝ぐ《スキン》ことは、インデックスはすでに知っているんだ――ついでだが、皮を剝《は》ぐと記述する場合は、〝スキン〟を使ったほうがいい。〝フレイ〟は一般的ではないし、他の捜査官は使わないかもしれない。コンピュータにしてからが同義語と認識するかどうかわからんからね。やつが死体を川に投げ捨てることは、コンピュータはすでに承知している。が、こんどの被害者にまつわる新事実はまだ知らない。こんどの被害者にまつわる新事実はなんだ、スターリング？」

「こんどの被害者は六人目ですが、頭皮を剝がれた最初の被害者であり、背中の皮膚を三角形に切りとられた最初の被害者であり、胸を銃で撃たれた最初の被害者であり、喉《のど》に繭《まゆ》が詰め込まれていた最初の被害者です」

「指の爪《つめ》が剝がれていたのを忘れているね」

「いいえ。指の爪が剝がれていたのは、彼女で二人目ですから」

「そのとおり。いいかい、ファイル挿入用の記述には、あの繭の件は秘密だ、という註《ちゆう》をつけてくれ。後で偽《にせ》の告白をする者が出た場合、その人物を除外する材料に使えるから」

「彼は以前にも同じことをやってないでしょうか——繭か昆虫を喉に挿入することを。検視では見逃されがちだと思うんです、とりわけ浮遊死体の場合には。検視官の念頭にあるのは明白な死因を見きわめることで、それがすんでしまうと、あそこは暑いので、もう終わりにしたがるんですね……過去の死体をもう一度チェックすることは可能でしょうか？」

「どうしても必要とあればね。病理学者たちは当然、何も見逃していない、と言うだろうな。シンシナティで発見された身許不明死体はまだ冷凍庫に入っているから、検査し直してくれと言ってみよう。しかし、残りの四体はもう埋葬されているんだ。死体発掘命令は人を動揺させるからね。レクター博士の診療を受けていて死亡した四人の患者の場合、死因を明確にするために発掘命令を出さざるを得なかった。あれは大変な労力を必要とするし、親類縁者たちを動揺させるんだな。どうしても必要とあらば命令を出すが、その前に、きみがスミソニアン博物館で何を発見するか、見てみようじゃないか」

「頭の皮を剝ぐというのは……稀有《けう》なことなんでしょうね？」

「ああ、めったにないな」

「でも、いずれバッファロウ・ビルはそれをやるだろうと、レクター博士は言っていました。どうしてわかったんでしょう？」

「わかっていたわけじゃないさ」

「でも、そう言っていましたが」

「それは、そう驚くべきことじゃないよ、スターリング。わたしはあれを見ても驚かなかった。さっきの問いに関してだが、メンゲル事件が起きるまではめったになかった、と言うべきだったな。あの事件は覚えているかい？　メンゲルという男が逃走時、変装用のかつらとして使うため、人質にした女性の頭皮を剝いだ事件だが？　あれから、模倣するやつが二、三人出てね。〝バッファロウ・ビル〟という仇名《あだな》をもてあそんでいた頃の新聞は、こんどの連続殺人の犯人は頭皮を剝がない、と一度ならず強調していたんだ。それを考えれば、こういう結果になったのは驚くにあたらない——ビルのやつはおそらく新聞によく目を通しているんだろう。それで頭皮を剝げば、犯人は別の男だと思わせることができる。レクターもそのあたりを読んでいたのさ。しかし、レクターは、それがいつ起こるかまでは言及してないね、予言の正しさに疑義を挟ませまいとして。いずれわれわれがビルをとらえた時点で、頭皮を剝ぐケースがまだ起きていなかったら、いや、これから頭皮を剝ぎはじめるところだったんだ、とレクターは言い抜けられるわけさ」

「バッファロウ・ビルは二階建ての家に住んでいる、ともレクター博士は言っていました。わたしたち、まだそこまで踏み込んではいませんよね。なぜそういうことを言ったんでしょう、彼は?」

「それは単なる当てずっぽうではないな。的中している可能性は高いし、その根拠も、彼はその際きみに説明できたはずだ。ところがそれをせずに、きみを翻弄《ほんろう》したかったんだろう。わたしがあの男に見る唯一《ゆいいつ》の弱点がそれだな——あの男は自分を利口に、だれよりも利口に見せずにはいられないのさ。それで何年も前から同じようなことをやっている」

「わからないことがあれば訊《き》け、と言われましたね——レクター博士の指摘の根拠、説明していただけませんか」

「わかった。一連の被害者のうち二人は首を吊られていたね？　首の上部の索痕《さくこん》、頸《けい》部《ぶ》変位、いずれも、首を吊られた歴然たる証拠だ。レクター博士が個人的経験から承知しているようにね、スターリング、ひとりでだれかの首を無理矢理吊るすのは至難の業なんだよ。人が自分でドアの把手《とって》に紐《ひも》をかけて首を吊ることはよくある。すわったまま首を吊ることだってある、実に簡単なんだ。ところが、だれか他人の首を吊るすのは難しい――たとえ縛られていても、身を支えられるものが足の爪先《つまさき》で見つかれば、相手はなんとかそこに立とうとするからね。その点、梯子《はしご》は恐《こわ》い。たとえ目隠しをされていても犠牲者は梯子をのぼろうとしないし、ましてや首を吊る紐が見えたりすれば、断固としてのぼろうとしない。そこでよく使われるのが階段なのさ。階段はだれでも見慣れているだろう。で、階段の上のトイレにつれていくとか言って、相手に頭巾《ずきん》をかぶせて階段をのぼらせる。そして、踊り場の手すりに結びつけておいた紐を素早く首にかけ、相手を最上段から蹴《け》り落とすんだな。普通の家の中でだれかの首を吊ろうとしたら、それしか方法はない。カリフォルニアの男がそれを流行《はや》らせたんだ。だからレクターは、バッファロウ・ビルが二階建ての家に住んでいると踏んだのさ。ビルの家が平屋なら、やつは別の方法で殺しただろう。さてと、あの連中の名前を教えてくれないか。ポターの主任保安官補、それから、州警察の警官たちの中でいちばん上位だった男」

クラリスはメモ帳で彼らの名前を見つけ、ペンライトをくわえて読みあげた。

「よし」クロフォードは言った。「ホットラインで情報を流す際は、必ず警官たちの実名を添えて功績を明示したまえ、スターリング。自分たちの名前を耳にすると、彼らはホットラインにも親しみを覚えるからね。自分が有名になったと思うと、その後何か情報をつかんだときも、必ずわれわれに電話をしてくれるものさ。彼女の脚の火傷《やけど》から、きみは何を読みとる？」

「死後に負った火傷かどうかによりますね」

「もし死後に負ったものだとしたら？」

「だとすると、ビルはパネル・トラックかヴァンかステーション・ワゴン、とにかく全長の長い車を持っていますね」

「なぜ？」

「彼女はふくらはぎの後ろに火傷を負っていましたから」

車はテンス・ストリートとペンシルヴァニア・アヴェニューの交差点、〝J・エドガー・フーヴァー・ビル〟の名ではだれも呼ばないＦＢＩの新本部前に着いた。

「ここでおろしてくれ、ジェフ」クロフォードは言った。「ここでいい、地下にまわらなくていいから。そのまま運転席でトランクをあけてくれ、ジェフ。トランクのほうにきて説明してくれよ、スターリング」

クラリスはクロフォードと一緒に降り、クロフォードはデータファクスとブリーフケースをトランクからとりだした。

「ビルは死体を仰向けにして横たえられるだけの大きさの車に乗せたんだと思うんです」クラリスは言った。「車のエグゾースト・パイプの上の床に死体のふくらはぎの裏があたるには、それだけの大きさの車でないと無理だからです。この車のトランクだったら、死体は横向きにして体を丸めなければ——」

「ああ、そうだろうな」

クロフォードが自分を車の外につれだしたのは、二人きりで話すためだったのだ、とクラリスは気づいた。

「これは男だけで話したほうがいいと、わたしがあの保安官補に言ったときは、むっとしただろうね？」

「はい」

「あれは煙幕だったんだ。彼を他の連中から切り離したかったんでね」

「わかっています」

「それならいい」クロフォードはバタンとトランクを閉めて、立ち去ろうとする。クラリスはそのまま黙ってはいられなかった。

「大事なことがあるんですけれど、課長」

クロフォードはファクスとブリーフケースを抱えて、こちらに向き直った。聞こうじゃないか、と態度で示している。

「あの警官たちはあなたがだれかを心得ています」クラリスは言った。「あなたの態度を見て、行動の指針にするんです」クラリスはじっと立って肩をすくめ、両手をひらいた。言ってしまった。それは掛け値のない真実なのだ。

クロフォードはとるべき態度を冷たい秤《はかり》にかけて判断した。

「よくわかったよ、スターリング。さあ、繭の件にとりかかってくれ」

「はい」

遠ざかる彼の姿を、クラリスはじっと見送った。重要な事件捜査の重荷を負い、川岸を歩きまわったおかげで袖口《そでぐち》が泥にまみれ、飛行機の旅で服もよれよれになった中年の男が、いま、家でなすべきことを果たすために自宅に向かおうとしている。いまなら、自分は彼のためになら人殺しでもやってのけられる、とクラリスは思った。

そう思わせるところがクロフォードの非凡な才の一つなのだ。

14

スミソニアン国立自然史博物館は閉館になって数時間もたっていた。が、クロフォードが前もって連絡してくれていたので、待機していた守衛がコンスティテューション・アヴェニュー側の入口からクラリス・スターリングを中に入れてくれた。

閉館後の博物館は照明も薄暗く、空気もよどんでいた。入口に向かって立つ南海の族長の巨大な像だけは、その抜きん出た高さのため天井の弱い照明を浴びていて、顔が明るく照らされていた。

クラリスを案内してくれたのは、スミソニアンの守衛の制服をきちんと着た大柄な黒人だった。エレベーターの照明を見あげた彼の顔を見て、あの族長に似ているな、とクラリスは思った。そんな埒《らち》もない空想をしていると、こむら返りを起こした筋肉を揉《も》んでいるような気休めを一瞬味わった。

巨大な象の剝製《はくせい》の上の二階は一般客立ち入り禁止の広大なフロアで、人類学研究部と昆虫学研究部が共用している。人類学者はそこを四階と呼んでいる。昆虫学者は三階だと主張する。農業研究部門の少数の科学者は、そこが六階である証拠があると言う。増築と再分割をくり返してきた古い建物の場合、どの主張にも一理あるようだ。

クラリスは守衛に従って、薄暗い迷路のような通路に入っていった。両側には人類学の標本のつまった木製のケースが高い壁のように積み上げられている。その内容は小さなラベルによってのみ示されている。

「何千人もの人間が入ってるんですよ、この一連のケースに」守衛は言った。「標本が四万もあるんですから」

彼は懐中電灯でオフィスのナンバーを探していて、進むにつれラベルが電光に照らし出された。

ダヤク族の赤ん坊背負子《しょいこ》や儀礼用頭蓋骨《ずがいこつ》がアブラムシに変わって、二人は人類の世界からもっと古くて秩序だった昆虫の世界に入った。通路の両側に積み上げられているのは、薄緑色に塗装された大型の金属製の箱だった。

「昆虫が三千万匹――それに加えてクモ類ですからね。クモ類は昆虫とは分けて考えるんです」守衛は教えてくれた。「昆虫と一緒にしようものなら、クモの研究者たちに飛びかかられますよ。あそこです、あの、明かりのついている部屋ですから。帰るときは、一人で出てこないでください。あそこの連中が送ってくれないようだったら、この内線番号にお電話を。守衛室です。わたしが迎えにきますから」クラリスにカードを渡して去っていった。

そこは巨大な象の剥製の上、円形の回廊にある昆虫研究部の真ん中だった。明かりがついていて、ドアもあけ放たれている部屋があった。

「時間切れだぞ、ピルチ！」興奮して引きつった男の声が響いた。「ほら、これで時間切れだ！」

クラリスは戸口で立ち止まった。二人の男が実験台についてチェスをしている。二人とも三十がらみ。一人は痩《や》せぎすで黒髪、もう一人は小太りで、強《こわ》そうな赤毛だった。二人してチェスに夢中になっている様子だった。こちらに気づいているのかもしれないが、そんな素振りはまったく示さない。大きなカブトムシがチェスの駒《こま》のあいだを縫うようにして、盤面をゆっくり進んでいるのにも気づいているのだろうが、やはりそんな素振りは示さない。

そのうちカブトムシが盤の縁を越えた。

間髪を入れずに痩せぎすの男が言う。「時間切れだぞ、ロドゥン」

小太りの男はビショップを動かすと同時にカブトムシの向きを変えて、元きた方角にノソノソ歩きださせた。

「カブトムシが隅を横切っても、やっぱり時間切れなの?」クラリスは訊いた。

「もちろん、そのときは時間切れさ」小太りの男が顔もあげずに大声で言う。「時間切れに決まってる。きみのやり方はどうなんだい? こいつに盤の端から端まで歩かせるのかい? 敵はだれだ? ナマケモノかい?」

「わたし、クロフォード特別捜査官が電話でお話しした標本を持ってきているの」

「どうしてあんたの車のサイレンが聞こえなかったのかな」小太りの男が言った。

「だっておれたち、FBIに頼まれて虫を特定するために、一晩中ここで待ってたんだぜ。虫がおれたちの専門なんだ。クロフォード特別捜査官の標本の話なんて、だれからも聞いてないしさ。そんな標本、彼のかかりつけの医者にこっそり見せればいいじゃないか。時間切れだぞ、ピルチ!」

「お二人の名勝負はまたの機会に見せてもらいたいわ」クラリスは言った。「でもね、これは緊急の用件なの。だから、すぐはじめましょう。時間切れよ、ピルチ」

　黒髪の男が向き直って、ブリーフケースを手にドアの枠にもたれているクラリスを見た。

　立ちあがった彼は、長身だった。彼は箱の中の腐った木片にカブトムシを止まらせると、レタスの葉をかぶせた。

「ぼくはノーブル・ピルチャー、そっちがアルバート・ロドゥン。昆虫を特定したいんだって？　喜んでお手伝いするよ」ピルチャーは人好きのする長い顔をしていた。が、その黒い目はちょっぴり意地悪そうな光を宿しており、両眼の間隔がかなり狭かった。片方の目は軽い斜視で、光の反映の仕方がずれていた。握手の手を差し出そうとはしなかった。「で、そちらは？」

「クラリス・スターリングよ」

「じゃあ、お持ちのものを見せてもらおう」

ピルチャーは標本の入った小壜《こびん》を光にかざした。

ロドゥンも見にきた。「これ、どこで見つけたんだい？　拳銃《けんじゅう》で撃ち殺したのかい？　こいつのママは見た？」

顎《あご》に肘《ひじ》打ちを決めてやったら、さぞこの男のためになるだろう、とクラリスは思った。

「しいっ」ピルチャーが言った。「どこで見つけたのか、教えてほしいな。小枝とか葉っぱだとか、何かにくっついていたのか、それとも地中にもぐっていたのか？」

「そうだったの」クラリスは言った。「あなたたち、何の説明も受けてないのね」

「理事長から頼まれたんだよ、遅くまで待機してＦＢＩのために、ある虫の特定をやってあげてくれって」ピルチャーが言う。

「命令したんだよな、おれたちに」ロドゥンが言った。「遅くまで待ってろ、と命令したんだ」

「こういうことは日頃から税関と農務省のためにやってるんで」ピルチャーが言う。

「でも、夜の夜中にやるなんてことはないぜ」と、ロドゥン。

「ある犯罪事件に関わることを、あなた方に話しておいたほうがいいみたいね」クラリスは言った。「事件が解決するまで秘密を守ってくれるなら話してもいいという許可は下りているの。重要なことなのよ。人の命に関わること。これは方便で言ってるわけじゃないの。あなたは秘密を守るって本気で言える、ロドゥン博士？」

「おれは博士じゃないって。何かに署名しなきゃならないのかい？」

「あなたの言葉が信頼できれば、必要ないわ。標本を預かっていただく必要があれば、署名の必要が生じるけど、それくらいね」

「もちろん、おれは手を貸すさ。おれは冷たい男じゃないからね」

「どうなのかしら、ピルチャー博士？」

「うん、嘘《うそ》じゃない」ピルチャーは言った。「彼は冷たい男じゃないよ」

「秘密は守れる？」

「ぼくは口が堅いぜ」

「ピルチだってさ、博士じゃないんだからね」ロドゥンが言った。「おれたちの教育的基盤は同レヴェルなんだ。ところが、こいつはあんたに博士って呼ばれたって平然としていることにご留意願いたいね」自分の思慮深い表現に注意を促すように、人差し指の先を顎にあてた。「とにかく、細かいデータを全部教えてくれよ。あんたには無関係に思えるようなことでも、プロにとっては決定的な情報かもしれないんだから」

「この昆虫は殺人の被害者の軟口蓋の奥につまっていたところを発見されたの。そんなところにつまっていた理由はわからないわ。死体はウェスト・ヴァージニア州のエルク川に漬かっていて、死後まだ二、三日しかたっていなかった」

「バッファロウ・ビルだ。ラジオで聞いたもんな」ロドゥンが言った。

「でも、この昆虫のことまでは、ラジオも言ってなかったでしょう?」

「ああ。でも、エルク川って名前は出してたな——あんた、あそこから直行してきたんで、こんなに遅くなったのかい?」

「ええ」

「じゃあ、疲れてるだろう。コーヒーなんか、どうだい?」ロドゥンが言った。

「いいえ、けっこう」

「じゃあ、水は？」

「けっこう」

「コークは？」

「飲む気がしないわ、いまは。わたしたちが知りたいのは、この女性が監禁されていた場所と殺害された場所なの。だから、この虫の棲息地《せいそく》がどこか特別な場所だといいんだけど。もしくは行動範囲が限られているとかね。あるいはある特定の樹上でしか眠らないとか——要するに、この昆虫がどこからきたのかを知りたいのよ。あなた方に秘密の厳守をお願いしているのは——もし犯人が意図的にこの虫をあそこにつめこんだのだとすると——その事実を知っているのは彼以外にないわけだから、偽《にせ》の自白を除外するのに使えるし、時間が節約できるからなの。彼はすくなくとも六人の女性を殺しているわ。もうぐずぐずしてはいられないの」

「おれたちがこの虫を見ているいま、この瞬間にも、そいつは別の女性を監禁しているのかな？」クラリスの顔を見据えてロドゥンが訊《き》いた。目を大きくひらき、口もあけていた。その口の中がクラリスには見えて、彼女の頭には一瞬、ある別のことがひらめいた。

「さあ、どうかしら」すこし声がかん高くなった。「わからないわね、それは」きつい語調をやわらげようと、もう一度言った。「チャンスをつかみしだい、またくり返すと思うけど」

「だからぼくら、なるべく早くこれをすませたほうがいいわけだ」ピルチャーが言った。「ご心配なく、こういう仕事ならお手の物だからね。ぼくらに匹敵するやつなんていないよ」彼は細いピンセットで茶色い物体を壜からとりだし、ライトの下の白紙にのせた。それから、自在に動くアームの先端の拡大鏡をその上にもってきた。

その虫は細長くて、ミイラのように見えた。古代の棺《ひつぎ》のように全体の輪郭をなぞっている半透明の莢《さや》におさまっていた。付属肢が体に密着していて、浅く浮き彫りにされているように見える。小さな顔が利口そうだった。

「まず第一に、これは野外で人体に寄生するようなものではないね。なんらかの偶発的な作用による場合は別として、ふつう、水中に棲息することもない」ピルチャーは言った。「あなたはどれくらい昆虫に詳しいのかな。それと、どれくらい深く知りたいんだろうか」

「わたしの知識はゼロだと思って。だから、何から何まで教えてほしいわ」

「わかった。これは外皮に包まれたサナギ、つまり幼虫だね——この外皮は、こいつが幼虫から成虫に変身するまで保護している繭のようなものさ」

「それ、角質の莢に包まれた幼虫か、ピルチ?」ロドゥンは鼻に皺《しわ》を寄せて眼鏡がずり落ちるのを防いだ。

「ああ、だと思うね。幼虫に関するハン・フー・チューの手引きを覗《のぞ》いてみるか? よし、これは大型の昆虫の幼虫期だな。進化した昆虫の大半には幼虫期があるんだ。彼らの多くはこの形で冬を越すんだよ」

「資料を見るか、観察するか、どっちにする、ピルチ?」ロドゥンが言う。

「まずは観察だな」ピルチャーは標本を顕微鏡の試料台に移し、歯科用の探針を手にして接眼レンズの上にかがみこんだ。「じゃあ、いくぞ。頭背部に明確な呼吸器官はなし、中胸と腹部周辺に気門。じゃあ、そこからはじめようか」

「ふむふむ」小さなマニュアルのページをめくりながら、ロドゥンが言った。「機能的な大顎は?」

「ないな」

「腹部正面に、対の上顎《じょうがく》外葉器官は?」

「ああ、あるよ」

「触角の位置は?」

「翅《はね》の中部に隣り合った位置だね。翅は二対。内側の一対は完全に覆《おお》われている。下方の三つの体節だけが露出している。先のとがった小さな尾鉤《びこう》——鱗翅目《りんしもく》じゃないかな」

「ここにもそう書いてあるぞ」ロドゥンが言った。

「蝶《ちょう》や蛾《が》を含む科でね。すごく広範囲にわたっているんだ」とピルチャー。

「翅が濡《ぬ》れてるとなると、かなり面倒だぞ、絞り込むのは。おれ、参考書にあたってみよう」ロドゥンが言う。「おれが消えてる隙《すき》にあんた、おれのことをいろいろしゃべるんだろうな」

「そりゃあな」ピルチャーは言った。「ロドゥンはいいやつなんだよ」ロドゥンが部屋から出ていくなり彼はクラリスに言った。

「きっとそうなんでしょうね」

「ふうん、そう見えるかい、あんたには」面白そうにピルチャーは言った。「あいつとは大学が一緒でね、どんな特別研究員手当でもかっさらおうと、一生懸命働いたんだ。あいつのやった仕事の中には、炭鉱の中にじっとすわって陽子崩壊を待つ、というのもあった。あいつ、暗闇《くらやみ》の中に長くいすぎたんだよ。でも、いいやつさ。ただ、あいつの前では陽子崩壊の件には触れないでほしいんだ」

「わかった、その話はなるべく避けるようにする」

ピルチャーは明るい照明から顔をそむけた。「鱗翅目というのは大きな科でね。三万種類の蝶と十三万種類の蛾を包含しているんだ。これを繭《まゆ》から出してみたいな——いずれにせよ、種類を絞り込むためには出さなきゃならないし」

「いいわ。まるごととりだせるの？」

「できると思うよ。ほら、こいつは死ぬ前に自力で抜けだそうとしてたんだぜ。繭のこの部分に不規則な裂け目ができかけている。これはちょっと手間どるかもしれないな」

ピルチャーは繭の自然な裂け目を広げて、幼虫をそっととりだした。重なっている翅は濡れていた。それを広げるのは、くしゃっと丸められた、濡れたティシューを広げるような作業だった。翅にはいかなる模様もなかった。

ロドゥンが何冊かの本を持ってもどってきた。

「じゃあ、いいか？」と、ピルチャー。「前胸の腿節《たいせつ》は隠されている」

「唇状部《しんじようぶ》のわきの小突起はどうだい？」

「ないな」ピルチャーは言った。「明かりを消してくれないか、スターリング捜査官？」

ピルチャーがペンライトを点灯するまで、クラリスは壁のスイッチのそばで待っていた。ピルチャーはテーブルから離れて、標本を照らした。闇の中で昆虫の目が光り、細い光線を反射した。

「ヤガ（夜蛾）だな」ロドゥンが言った。

「たぶんな。しかし、ヤガのどれだろう？　明かりをつけてくれ。これはヤガ科だね、スターリング捜査官――夜行性の蛾の一種だ。ヤガってやつ、どれくらいの種類があるんだったかな、ロドゥン？」

「二千六百――これまでに識別されているのは約二千六百種だ」

「でも、これほど大柄なやつはそう多くないだろう。よし、こんどはあんたの腕前を見せてもらおうじゃないか」

ロドゥンの強《こわ》そうな赤毛の頭が顕微鏡にかぶさった。

「次は剛毛分布による鑑別に進まないと――昆虫の表皮を調べて、一種に絞り込むんだ」ピルチャーが言った。「これに関してはロドゥンの右に出る者はいないからね」

その部屋に優しさが流露するのを、クラリスは感じとった。

ロドゥンはそれに応《こた》えて、標本の幼虫期のいぼが円形に生じているかどうかに関して、ピルチャーと激論を交わしはじめた。議論は白熱して、腹部の毛の生え方に移った。

「エレブス・オドーラだな、これ」ロドゥンがとうとう言った。

「よし、見にいこうぜ」ピルチャーが応じた。

三人は標本を持ってエレベーターに乗り、巨大な象の剝製《はくせい》の真上の階まで降りてから、薄緑色の箱のいっぱいつまった広大な回廊にもどった。もともとは大きなホールだったこの場所は、スミソニアン所蔵の昆虫保管スペースを増やすべく二層のフロアに分割されている。三人は新熱帯区に入り、ヤガのセクションに移動した。メモ帳を見たピルチャーが、積み重なった箱の壁の中の、胸の高さの箱の前で立ち止まった。

「こいつを扱うときは気をつけないとね」重そうな金属製の戸を横にすべらせてはずし、床に置く。「こいつを足に落としたら最後、何週間も片足でピョンピョン飛び跳ねることになっちまう」

積み重なった引き出しを指でなぞり、一つを選んで引っ張りだした。

クラリスはトレイを覗《のぞ》いた。いろいろなものが入っていた。保存処理を施された微小な卵。アルコールの管に入った毛虫。彼女が持参したのとそっくりの標本から剝《は》がした繭。そして、成虫。それは黒褐色の大きな蛾で、翅の幅は六インチ近く、毛に覆われた胴体に細い触角を備えていた。

「これが、エレブス・オドーラ」ピルチャーが言った。「黒魔女蛾という名でも知られているんだ」

ロドゥンが早くもページをめくっていた。「熱帯種は秋期、カナダまで迷って北上することがある」参考書の記述を読みあげた。「幼虫はアカシア、キャットクロー、及び同種の植物を食べる。西インド諸島、合衆国南部原産。ハワイでは害虫と見なされている」

そんな馬鹿《ばか》な、とクラリスは思った。「それはないでしょう」声に出して言った。「だって、そこらじゅうにいるじゃない、この蛾は」

「でもね、いつもそこらじゅうにいるわけじゃないんだ」ピルチャーは下を向き、顎《あご》を引いていた。「この連中は年二回産卵するんだったっけ、ロドゥン？」

「ちょっと待ってくれ……ああ、そうだな、フロリダの最南端とテキサス南部では」

「いつ？」

「五月と八月」

「考えてたんだが」ピルチャーが言った。「あんたが持ってきた標本はここにあるのよりいくぶん育っているし、新しいよね。外に出ようとして、繭を壊しはじめていたしね。西インド諸島やハワイだったらそれも理解できるんだけど、ここじゃまだ冬だからな。この国で生まれたんだったら、外に出るのに三ケ月は待つと思うんだ。温室で偶然そうなったか、だれかに飼育されていたのなら別だけど」

「飼育するって、どうやって？」

「ケージの中で。暖かくしてね。幼虫が繭をしっかりまとえるようになるまでアカシアの葉を食べさせるんだ。そう手間どるわけじゃない」

「それは人気のある趣味なの？　専門的な研究は別として、趣味として楽しんでる人は大勢いるのかしら？」

「いや、いちばん多いのは完璧《かんぺき》な標本の確保を目指す昆虫学者だろうな。それに、収集家も若干いるかもしれない。それから、シルクの生産者もいるね。彼らは蛾を育てるんだ、これとは種類がちがうけど」

「昆虫学者って定期的な刊行物をとるんじゃない、専門的な研究誌なんかを。飼育装置の販売業者とも付き合いがあるでしょうし」

「そうだね。そういう刊行物の大半はうちでもとってるし」

「そういう雑誌、ひと山用意してやるよ」ロドゥンが言った。「小部数の会報をこっそり定期購読しているやつが、ここにも何人かいるんだよ――連中、それを厳重にしまいこんでさ、二十五セント払うやつには阿呆《あほ》らしい記事を読ませているんだ。あすの朝までに用意しておくから」

「じゃあ、だれかにとりにこさせるわ、ありがとう、ロドゥンさん」

ピルチャーがエレブス・オドーラ関連の文献のコピーをとって、標本と一緒にクラリスに渡した。「下まで送っていくよ」

二人はエレベーターを待った。「蝶は好きでも蛾は嫌いという連中がほとんどだけど」ピルチャーは言った。「蛾ってやつはずっと――面白いし、何かと楽しませてくれるんだぜ」

「でも、有害でしょう」

「一部、というか大半はね。でも、連中はありとあらゆる生き方をしてるんだよ、ぼくら人間同様に」下の階に降下するまで沈黙がつづいた。「ある蛾なんかは、これ、二種以上いるんだが、涙だけで生きているんだからね」ピルチャーは言った。「涙しか飲んだり食べたりしないのさ」

「どんな涙？　だれの涙？」

「陸上に棲《す》む大型哺乳類《ほにゅうるい》、だいたいぼくらの大きさの動物の涙さ。蛾の古い定義はね、〝自分以外のものを何でもゆっくりと静かに食べて、吸収するか損耗させてしまうすべてのもの〟というものなんだ。蛾(moth)という言葉は、破壊を意味する動詞でもあったしね……で、あんたがいま専念しているのはこれなわけね——バッファロウ・ビル狩りなんだね？」

「ええ、全力を尽くしているわ」

ピルチャーは歯を舌で磨いた。シーツにもぐった猫のように、唇の裏で舌が動いた。

「ビールやうまいハウスワインを飲みながらさ、チーズバーガーを食べたりしに出かけることはないの？」

「ないわね、最近は」

「いまからぼくと食べにいかない？　すぐそこなんだけどな」

「いまは無理。でも、この一件が片づいたら、わたしのほうから奢《おご》らせてもらうわよ——ロドゥンさんも一緒にね、当然のことながら」

「そんなの当然でも何でもないよ」ピルチャーは言った。そして、出口まできたところで、「じゃあ、早く片づくように祈ってるからね、スターリング捜査官」

クラリスは待っている車に急いだ。

帰ってみると、ベッドの上に郵便物とマウンズ・チョコ・バーが半分のっていた。アーディリア・マップが置いておいてくれたのだ。マップはもう眠っていた。クラリスはポータブル・タイプライターを洗濯室に運び、衣類をたたむ台にのせてカーボン用紙をセットした。クワンティコに車でもどる途中、エレブス・オドーラに関するメモを頭の中でまとめておいたので、それを素早くタイプした。

それからマウンズを食べながら、クロフォード宛《あて》のメモを書いた。そこで提案したのは、昆虫学関連刊行物の版元のコンピュータに入っている郵送先リストを、FBIの犯罪者ファイル、誘拐現場に最も近い各都市の犯罪者ファイル、それにあの蛾が最も多く棲息《せいそく》するメトロデード、サンアントニオ、ヒューストン各都市の重罪犯及び性犯罪者のファイルと照合することだった。

もう一つ、ぜひ再度提起したい事柄があった——犯人はいずれ頭皮を剝ぎはじめると予測した理由を、レクター博士にあらためて訊《き》いてみること。

書類を夜勤の係官に渡してもどってくると、クラリスは心休まるベッドに倒れこんだ。その日聞いたさまざまな声が、部屋の向こうのマップの吐息より低くささやきかけてくる。ざわめきたつ闇の中に、あの蛾の小さい利口そうな顔が見えた。あのきらきらと輝く目は、バッファロウ・ビルの顔を見たのだ。

スミソニアンを後にした者に訪れる深い虚脱感の中から、その日の最後の思いとコーダがクラリスの胸に浮かんだ——この不可思議な世界、いまは闇に包まれているこの世界の半分の地上で、自分は、涙を主食にしているものを狩り立てなければならない。

15

テネシー州イースト・メンフィス。キャサリン・ベイカー・マーティンは、いちばん気に入っているボーイフレンドのアパートメントの部屋で、彼とテレビの深夜映画を見ながら、ハシーシをつめた水パイプをときどき吸っていた。コマーシャルがだんだん長くなり、回数も多くなった。

「おなか、すいてきちゃった。ポップコーン、食べる?」

「おれがとってくるよ。鍵《かぎ》をくれ」

「そこにいなさいよ。どうせあたし、ママから電話があったかどうか、確かめなきゃなんないから」

彼女はカウチから立ちあがった。骨太で、重量級と言えるくらい肉づきのいい、長身の若い女性だった。顔立ちは整っており、髪の毛も清潔でふさふさしている。コーヒー・テーブルの下から靴をとりだして、外に出ていった。

二月の夜はじめつく寒さだった。ミシシッピ川からうっすらと霧が張り出してきていて、胸の高さで大きな駐車場にわだかまっている。真上に見える三日月は、骨できた釣り針のように細くて青白かった。空を見上げると、頭がすこしくらくらした。彼女はしっかりと足を踏みしめ、百メートル先の自分のアパートメントの入口に向かって駐車場を横切りはじめた。

ボートを積んだトレーラーやモーターホームの車群にまじって、茶色のパネルトラックが一台、彼女のアパートメントの近くに止まっていた。キャサリンがそれに目を留めたのは、母親からのプレゼントをちょくちょく届けてくれる宅配のトラックに似ていたからだった。

そのトラックのそばを通りすぎたとき、霧の中でランプの明かりがついた。傘のついたフロア・スタンドで、トラックの後ろのアスファルトに立っている。スタンドの下には、赤い花柄のインド更紗《さらさ》が張られた安楽椅子《いす》が置かれていて、霧の中に赤い大輪の花が咲いているかのようだった。スタンドと安楽椅子はショウルームの家具セットを思わせた。

キャサリン・ベイカー・マーティンは、二、三度瞬《まばた》きしてから歩きつづけた。〝シュールレアル〟という言葉が頭に浮かび、ハシーシのせいだと思った。でも、あたしは大丈夫。だれかが引っ越してきたか、引っ越していこうとしているのだろう。入ったり、出たり。ここストーンヒンジ・ヴィラズではいつもだれかが動いているのだ。自分の部屋のカーテンが揺れた。見ると、窓台に猫がのっていて、背中を山なりに反らせたり、ガラス窓に脇腹《わきばら》を押しつけたりしていた。

鍵はもう手に持っている。それを使う前に背後を振り返ると、トラックの後部から一人の男が降りてきた。片手がギプスに包まれていて、吊《つ》り包帯で腕を吊っているのが明かりで見えた。彼女は部屋に入り、ドアの鍵をかけた。

キャサリン・ベイカー・マーティンはカーテンをのけて外を覗いた。男はトラックの後部に安楽椅子をのせようとしていた。いいほうの手で椅子をつかんで、下から膝《ひざ》で押しあげようとしている。椅子は横に倒れた。男は椅子を起こして指先を舐《な》め、更紗の、アスファルトで汚れた箇所をこすった。

彼女は外に出ていった。

「手伝ってあげる」その場に相応《ふさわ》しい口調で言えた——役に立ちたいという気持、それだけがこもっていた。

「本当？　そいつは助かるな」妙に引きつった声だった。この土地の訛《なま》りではない。

フロア・スタンドの光が下から男の顔を照らしていて、目鼻立ちが歪《ゆが》んで見える。

が、体つきははっきり見えた。アイロンのきいたカーキ色のズボン。シャモアらしいシャツは胸のボタンがはずれていて、しみの浮いた肌が覗いている。顎と頬には毛が生えておらず、女性のそれのようになめらかだった。目はスタンドの明かりの陰になっており、頬骨の上でキラッと点のように光っているにすぎない。

男のほうも彼女を見ていた。そういう視線に、キャサリンは敏感だった。彼女がそばに寄ると、その体格の大きさに驚く男性がよくいて、さりげなく驚きを隠せる者もいれば、隠せない者もいた。

「いいね」男は言った。

彼は不快な臭《にお》いを漂わせていた。シャモアのシャツにはまだ毛がついているのに気づいて、彼女はいやな気がした。両肩のあいだ、それに両腕の下あたりにカールした毛が付着していたのである。

トラックの低い荷台に椅子をのせるのは造作もなかった。

「奥のほうに押し込みたいんだけど、いいかい?」男は荷台にのぼって、車のオイルを抜く際に車体の下に置くオイルパンや、コフィン・ホイストと呼ばれる小型の手動ウィンチ等、転がっていたがらくたをわきによけた。

二人は運転席の真後ろまで椅子を押し込んだ。

「きみは十四くらい？」男は訊いた。

「え？」

「そのロープ、とってくれないかな。きみの足元にあるやつ」

それを見つけようとして彼女がかがみこんだとき、男はギプスをはめた手を後頭部に振り下ろした。頭を何かにぶつけたんだと思って、彼女は片手を頭に持っていった。そこにまたギプスが振り下ろされ、手の指が頭に叩《たた》きつけられた。さらにまた一撃、こんどは耳の後ろを殴打《おうだ》された。それからつづけざまにギプスが振り下ろされたが、どの一撃も強すぎることはなかった。彼女はくたっと椅子に倒れかかり、荷台にすべり落ちたと思うと、脇腹を下に横たわった。

その姿に一瞬目を凝らしてから、男はギプスと吊り包帯をはずし、素早くスタンドを荷台にのせてから後部の扉を閉めた。

彼はブラウスの襟を引っ張り、懐中電灯で照らして、サイズを読んだ。

「いいね」

包帯用の鋏《はさみ》でブラウスの背中を切り裂いた。それを強引に脱がせてから両手を後ろにまわし、手錠をかける。引っ越し業者の使うマットを荷台に広げると、彼女を仰向けに転がした。

ブラジャーはつけていなかった。大きな乳房を男は指先でつつき、その重みと弾力を味わった。

「いいね」

左の乳房には、口で吸ったピンク色の痕《あと》が残っていた。男は指先を舐めて、椅子の更紗をこすったときのようにそこをこすった。軽く圧力を加えて、痕が消えるのを確かめてからうなずいた。最後に彼女をうつ伏せにし、ふっさりした髪を指で掻《か》き分けて頭を調べた。ギプスで殴っても、頭皮は裂けていなかった。

二本の指を首のわきに当てて脈を調べる。力強く打っていた。

「いいねえええ」これから二階建ての自宅まで、長距離を車で走らなければならない。ここで応急手当てをせずにすむのがありがたかった。

トラックが走りだして、テールランプの間隔がしだいに狭まってゆくさまを、キャサリン・ベイカー・マーティンの猫がじっと窓から眺めていた。

猫の背後で電話の呼出し音が鳴っていた。寝室の留守番電話がそれに応じ、暗闇《くらやみ》に赤いライトが点滅した。

かけてきたのはキャサリンの母親、テネシー州選出の一期生上院議員だった。

16

テロの黄金時代、一九八〇年代に、連邦議会議員に関わる誘拐事件に対処する手順が整備された。

午前二時四十五分、FBIメンフィス支局の特別捜査官が、ルース・マーティン上院議員の一人娘が行方不明になったことをワシントンの本部に報告した。

午前三時、バザード・ポイントにあるワシントン支局のじめついた地下駐車場から、二台の覆面ヴァンがすべり出た。一台は上院議員会館に向かった。マーティン議員の部屋の電話に傍受・録音装置を技師がとりつけると同時に、至近の公衆電話に総合犯罪防止・安全市街地法第三編に基づく盗聴装置をとりつけた。司法省は上院諜報《ちょうほう》活動特別委員会で最も新参のメンバーを起こし、規定どおり、盗聴装置を仕掛けた一件を通報した。

内側からしか見えないガラス窓と監視装置を備えたもう一台のヴァン、通称〝目玉ヴァン〟は、マーティン上院議員のワシントンの居宅、ウォーターゲイト・ウェストの正面を見張るべくヴァージニア・アヴェニューに駐車した。ヴァンの乗員二人が中に入って、議員の自宅の電話に傍受装置をとりつけた。

ベル・アトランティック電話会社は、国内のデジタル交換システムを通じてかかってくる身代金《みのしろきん》要求電話の逆探知に要する平均時間を七十秒と推定している。

バザード・ポイントの緊急出動班は、ワシントン地区で身代金の受け渡しが行われる場合に備えて、二交替態勢をしいた。彼らの無線交信は、身代金の受け渡しがマスコミのヘリコプターによって妨害されるのを防ぐため、規定どおり、暗号交信に切り替えられた——マスコミによるその種の無責任な行為はめったに起きないが、前例があったのは確かである。

人質救出班は空中待機の一段下の警戒態勢に入った。

キャサリン・ベイカー・マーティンの失踪《しっそう》は身代金目当てのプロによる誘拐であることを、だれもが願った。その場合は彼女が生還できる可能性がぐっと高まるからだ。最悪の可能性に言及する者は、一人もいなかった。

そのうち、メンフィスで夜が明ける直前、不審な徘徊者《はいかいしゃ》に関する苦情を調べていた巡査が、一人の老人をウィンチェスター・アヴェニューで呼び止めた。老人は路肩に転がるアルミ缶や屑《くず》を拾っていた。巡査は彼の手押し車の中に、前のボタンがかかったままの女物のブラウスを見つけた。その背中の部分は葬儀用のスーツのように縦に切り裂かれていた。クリーニングのタグから、ブラウスはキャサリン・ベイカー・マーティンのものと判明した。


午前六時三十分。ジャック・クロフォードがアーリントンから南に向かって車を走らせていると、車載電話が鳴った。この二分間で二度目だった。

「ナイン・トゥエンティトゥ・フォーティ」

「フォーティ、アルファ4から緊急連絡」

クロフォードは受信に最大限の注意を払おうと、レスト・エリアを見つけて車を止めた。アルファ4とはＦＢＩ長官をさす。

「ジャック――キャサリン・マーティンのことは聞いてるな？」

「たったいま、夜勤係官から連絡を受けたところです」

「じゃあ、ブラウスの件は知ってるね。で、どうなってるんだ」

「バザード・ポイントは誘拐対応態勢に入りました。その態勢はまだ解かないほうがいいでしょう。その態勢を解く場合でも電話の傍受はつづけたいですね。切り裂かれたブラウスが見つかろうと見つかるまいと、ビルの仕業と決まったわけじゃありません。ビルを模倣したやつの仕業なら、身代金を要求してくる可能性もあります。テネシーでの電話盗聴や逆探知はだれがやってるんです、こちらですか、向こうですか？」

「向こうだよ。州警察だ。腕はかなりいい。ホワイトハウスのフィル・アドラーから電話があって、大統領の〝深甚《しんじん》なる関心〟を伝えてきた。ここで白星をあげるとかなりの得点になりそうだな、ジャック」

「それはわたしも考えました。で、上院議員はいまどこに？」

「メンフィスに向かっているところだ。ついさっき、わたしの自宅に電話をかけてきたよ。内容は想像がつくだろうが」

「ええ」マーティン上院議員とは予算の公聴会で顔を合わせて、面識があった。

「おそらく、自分の地位を最大限に利用して圧力をかけてくるだろう」

「無理からぬところですね」

「たしかにな」長官は言った。「これまで同様全力をあげて捜査する、と言っておいた。彼女は……きみの個人的な状況を知っていて、会社のリア・ジェットを使ってくれと申し出ている――できたら夜には自宅にもどってくれ」

「わかりました。あの議員はタフですよ、トミー。自分からしゃしゃり出てきたら、われわれと角突き合わせることになります」

「わかっている。必要ならわたしを盾代わりに使ってくれ。で、最長でどれくらいの余裕があると思う――六日か、七日くらいか、ジャック？」

「わかりません。犯人が彼女の素性を知って狼狽《ろうばい》したら――即座に殺して棄《す》てるかもしれませんしね」

「いまどこだ、きみは？」

「クワンティコまで三キロあまりの地点です」

「クワンティコの滑走路でも、リア・ジェットは離着陸できるかな？」

「できます」

「二十分だな」

「はい」

クロフォードは電話に番号を打ち込んでから、車の流れにもどった。

17

安眠できずに気分もささくれだったまま、バスローブ姿のクラリス・スターリングは、バニー・スリッパをつっかけ、タオルを肩にかけて、アーディリアと共に隣室の学生たちと共用している浴室があくのを待っていた。ラジオから流れたメンフィスのニュースを聞いて、一瞬、その場に凍りついた。

「たいへん」思わず言っていた。「どうしよう。ねえ、中にいる人！　この浴室は包囲されたの。パンツをはいて出てらっしゃい！　これは訓練じゃないんだから！」隣室の訓練生が仰天しているのもかまわず、ずかずかとシャワーの下に割り込んでいった。「どいてよ、グレイシー、そこの石鹸《せっけん》、とってくれない」

電話の呼出し音を聞き洩《も》らすまいと注意しつつ、一泊用の荷造りをし、鑑識用のキットを戸口に置いた。自分が部屋にいることを交換台にはっきり知らせ、朝食もあきらめて電話のそばに張りついた。が、授業開始十分前になっても何の連絡もない。装備一式を手に、行動科学課に駆けつけた。

「クロフォード課長は四十五分前にメンフィスに発《た》ったわよ」秘書が気持よさそうに言う。「バロウズが同行。研究所のスタフォードはナショナル空港から出発したわ」

「昨日の夜、課長宛《あて》の報告書をここに届けたの。わたし宛に、何か伝言がないかしら？　わたし、クラリス・スターリングだけど」

「ええ、あなたがだれかは知ってるわ。あなたの電話番号のコピーが、ほら、ここに三枚あるし、課長のデスクにも何枚かのってるはずだわ。そうね、あなた宛の伝言は残していかなかったわよ、クラリス」クラリスの荷物に目を留めて、「課長から電話があったら、何か伝えてほしい？」

「課長、外出カードにメンフィスの電話番号を書きつけていった？」

「いいえ。それはいずれ電話で伝えてくるんじゃないかな。きょうは授業があるんじゃないの、クラリス？　あなたはまだ訓練生なのよね？」

「ええ。ええ、そうなんだけど」

遅れて教室に入ったクラリスは、シャワー室で押しのけた同級生、グレイシー・ピットマンに反撃された。ピットマンはクラリスの真後ろにすわっていて、本来の彼女の席からずいぶん離れていた。クラリスが授業に溶け込むまでのあいだに、ピットマンの舌はその柔らかな頰の中でフルに二回転するゆとりがあった。

朝食抜きで、〝違法収集証拠排除の原則に対する誠意に基づく例外措置〟の講義を二時間聴いてから、クラリスはようやく自販機に足を運んでコークをガブ飲みした。

正午になって、伝言の有無を調べに郵便受けを覗《のぞ》いてみたけれど、何もなかった。そのとき、過去にも何度か経験したのだが、強烈な欲求不満は子供の頃に服《の》まされたフリーッという市販薬の味わいによく似ているな、という思いが湧《わ》いた。

人は、ある朝目が醒めると別人のように変わっている場合がある。自分にとってはきょうがそういう日なのだ、とクラリスにはわかった。きのうポター葬儀場で接した光景が、彼女のなかに小さな地殻変動を起こしていたのである。

クラリスは優秀な学校で心理学と犯罪学を学んだ。これまでに、人間社会が慄然《りつぜん》とするほど無造作に事物が破壊される実例もいくつか見てきている。だが、本当の意味でそういう現実を認識していたわけではなかった。が、いまは認識していた。ときに人類は、ウエスト・ヴァージニア州ポターの、セイヨウバラの壁紙に囲まれたあの部屋の陶製の台に横たわっていたものを快とするような心を、人間の顔の裏に生みだすことがあるのだ。その心に対してクラリスが初めて抱いた不安感は、検視の際に秤《はかり》にのせられるいかなるものよりうそ寒かった。その認識はこの先永久に肌に貼《は》りつくことだろう。肌にたこでもできない限り、それは心中に浸透してくるに違いない。

アカデミーの日課も心を癒《いや》してはくれなかった。地平線のすぐ向こうで重大な出来事が進行しているという思いが終日消えなかった。遠いスタジアムであがる歓声のように、さまざまな出来事の大きなざわめきが聞こえるような気がした。廊下を通りすぎる人の群れ、頭上を通過する雲、はては飛行機の爆音等、何かが動く気配がするたびに不安になった。

授業が終わると、トラックを走る周回を多すぎるほど重ねてからプールで泳いだ。夢中で泳いでいるうちに浮遊死体のことが頭に浮かび、するともう水に漬かっているのがいやになった。

午後七時のニュースはマップをはじめ十数人の学生たちと休憩室で見た。マーティン上院議員の娘の誘拐事件はトップニュースではなかったけれど、ジュネーヴの軍縮交渉のニュースの直後に報じられた。

最初にメンフィスからの映像がうつり、パトカーの回転灯越しに撮ったストーンヒンジ・ヴィラズの看板の映像が流れた。テレビ各局は大車輪でニュースを伝え、新たな情報が乏しいため、駐車場で互いに取材し合うレポーターの姿などを映していた。メンフィス市とシェルビー郡の当局者は、見たこともないような数のマイクの砲列にたじろいで、首をすくめている。どよめきたつようなストロボの閃光《せんこう》やマイクで増幅される騒音に囲まれて、当局者たちはまだ確認できていない項目を並べたてた。キャサリン・ベイカー・マーティンのアパートメントに捜査官が出入りするたびに、カメラマンたちは頭を下げて飛びだしたり、後ずさりしてテレビの小型カメラにぶつかったりしている。

アカデミーの休憩室につかのま皮肉な歓声があがったのは、画面のアパートメントの窓にクロフォードの顔が一瞬現れたときだった。クラリスは口の片隅に笑みを浮かべた。

バッファロウ・ビルもいま、テレビを見ているだろうか、と彼女は思った。ビルはクロフォードの顔を見て、何を思うだろう。そもそも彼は、クロフォードが何者か知っているだろうか。

もしかしたらビルもテレビを見ているかもしれない、という思いは、他の面々の胸にも浮かんだようだった。

ABCのピーター・ジェニングズの番組には、マーティン上院議員その人が生出演していた。彼女は娘の寝室に一人で立っていたが、背後の壁にはサウスウェスタン大学のペナントや、アニメのワイリー・コヨーテのポスター、それに男女平等憲法修正条項を支持するポスター等が貼ってあった。

マーティン議員は意志の強そうな、地味な顔立ちの、長身の女性だった。

「わたしの娘を拘束している人に、お願いがあります」彼女は言った。カメラにぐいと近寄ったので、カメラマンはとっさに焦点を合わせ直した。テロリストに語りかけるのとはまったく異なる口調で、彼女は言葉を継いだ。

「あなたにはわたしの娘を無事に解放する力があります。娘の名前はキャサリン。とても優しくて、理解力のある子です。どうか娘を解放してください、お願いだから傷つけずに。いま、主導権はあなたが握っています。あなたがすべてを支配しているのです。決定権を握っているのはあなたです。あなたも愛や慈悲の心をお持ちでしょう。あなたは、娘に危害を加えようとするどんな力からも娘を守ることができるのです。あなたはいま、自分が深い思いやりを示せる人物であること、自分が社会から扱われた以上の優しさで他者を扱える度量を持った人物であることを、世界中に示す絶好の機会を握っているのです。娘の名はキャサリンです」

マーティン上院議員の目がカメラから離れ、画面はホーム・ムーヴィーに切り替わった。二、三歳の幼女が大きなコリーの首の毛につかまって、ヨチヨチ歩いている。

上院議員の声がつづいた。「いまあなたが見ているのは、幼い頃のキャサリンです。

キャサリンを解放してください。国内のどこでもけっこうですから、あの子を傷つけずに解放してください。そうすれば、わたしはあなたのお役に立ちますし、あなたの友人になるでしょう」

こんどは写真が何枚か映された――ヨットの舵《かじ》を握っている八歳の頃のキャサリン。ヨットは陸揚げされていて、父親が船体を塗装している。若い女性に成長したキャサリンの最近の写真二枚。一枚は全身、もう一枚は顔のクローズアップ。

画面はまた上院議員のクローズアップに変わった。「全国民の前で約束します、あなたが必要なときはいつでも、わたしは援助を惜しみません。あなたを援助するのに十分な力を、わたしは持っています。わたしは合衆国上院議員であり、軍事委員会のメンバーです。俗に〝スター・ウォーズ計画〟と呼ばれる宇宙兵器システム、戦略防衛構想に深く関わっています。もしあなたに敵がいるなら、わたしはその敵と闘います。あなたの暮らしを邪魔だてする者がいるなら、それを阻止することができます。昼夜を問いません、いつでも電話をください。娘の名前はキャサリンです。どうかあなたの勇気を示してください」マーティン上院議員はしめくくった。「キャサリンを無事に解放してください」

「やるじゃない、すごく巧妙な呼びかけね」クラリスはテリアのように体をふるわせていた。「よく練りあげたもんだわ」

「どこがよ、あの〝スター・ウォーズ計画〟のくだり？」マップが言った。「もし異星人がバッファロウ・ビルのマインド・コントロールをしているなら、マーティン上院議員が彼を守ってあげる——そう言いたいわけ？」

クラリスはうなずいた。「ああいう幻想——異星人にコントロールされているという幻想を抱く偏執性統合失調症患者はたくさんいるの。もしビルもそのくちだとしたら、いまのアプローチが効を奏して、ビルをあぶりだせるかもしれないじゃない。それにしても、いい狙《ねら》いだったわよね。彼女、敢然と立ちあがって、効果的な矢を放ったんじゃない？　すくなくとも、いまの訴えで、キャサリンはもう二、三日、時間稼ぎができると思うな。ビルを捜しだす時間的余裕も、すこしは延びたかもしれない。延びないかもしれないけどね。とにかく課長は、ビルが次の獲物を物色するまでの間隔が短くなりつつあると考えているはずだわ。いまのようなアプローチも一法だし、他にもいい手があるでしょうしね」

「あたし自身、もし自分の娘がビルにつかまったら、打てる手は何でも打つもんね。でも、どうして議員は〝キャサリン〟って名前をあんなにくり返したのかな？　どうして最初から最後まで名前を言いつづけたんだろう？」

「議員は、自分の娘を一人の人間として認識するように仕向けたがってるのよ、バッファロウ・ビルに対して。一般的には、ビルは彼女を人間と見なさず、一個の物として見ようとする、それから彼女をズタズタにするのだろう、という説がもっぱらなのよね。連続殺人犯って、刑務所での面接でそういう話をするのよ、何人かは。人形をいじくるのとおんなじだ、って言うの」

「いまのマーティン議員の訴えの下書きを書いたの、クロフォード課長だと思う？」

「かもしれないし、もしかするとブルーム博士かもしれない――ほら、出てきたわ」

画面には、数週間前に、シカゴ大学のアラン・ブルーム博士に連続殺人に関する見解をたずねたテープが流れた。

ブルーム博士は、バッファロウ・ビルをフランシス・ダラハイドやギャレット・ホブズ、その他自分の扱った他のいかなる連続殺人犯とも対比することを拒んだ。〝バッファロウ・ビル〟という仇名《あだな》そのものの使用を拒んだ。実のところ、彼はたいしたことは語らなかったのだが、この問題に関する権威、おそらくは唯一《ゆいいつ》の権威と目されていて、テレビ局は彼の顔を画面に出したかったのである。

彼らは博士の最後の言葉をレポートのオチに使った――〝彼を脅そうにも、彼が毎日直面していること以上に恐ろしいことなど存在しないのです。われわれにできるのは、われわれの前に出てきてくれ、と彼に頼むことくらいしかありません。われわれは親切な処遇と安息を彼に約束できます。それを心から誠実に実行することを保証できるのです〟

「あたしたちだってみんな、安息したいよね」マップが言った。「あたしなんて、ほんとに安息が必要なんだから。曖昧模糊《あいまいもこ》にして内容空疎《くうそ》な見解、素敵じゃない。何も言ってないも同然だけど、ま、ビルを刺激することもなかったかな」

「ウェスト・ヴァージニアのあの女の子のこと、すこしの間なら忘れられるんだけど」クラリスは言った。「そうね、三十分は考えずにいられるんだけど、また喉《のど》の奥を突き刺されるように思いだしちゃうのよ。グリッターを塗っていたあの爪《つめ》——ああ、もうこれ以上は言いたくないな」

マップは熱中しているたくさんの趣味をより分けたあげく、夕食の席上、スティーヴィ・ワンダーとエミリー・ディキンソンの作品中の不完全韻を比較することで、クラリスの沈んだ気持を引き立てた。それは同時に、うっとりと聞き耳を立てていた連中をも魅了した。

自分たちの部屋へもどる途中、クラリスは郵便受けから伝言をとりだして目を走らせた。〝アルバート・ロドゥンに電話して〟とあり、電話番号も添えてあった。

「またしても、あたしの持論の正しさが証明されたな」それぞれ本を手にベッドに倒れ込んでから、クラリスはマップに言った。

「なんのこと？」

「二人の男性と知り合うとするじゃない？　すると必ずと言っていいくらい、気に入らない男性のほうが電話をかけてくるのよ」

「そんなの、前から知ってたよ」

電話が鳴った。

マップは鉛筆の端で鼻の頭を撫《な》でた。「もしホット・ボビー・ローランスだったら、あたし、いま、図書室にいってるって言ってくれない？　あした、こっちから電話する、って」

かけてきたのはクロフォードで、飛行機に乗っているせいか音声にザーッという雑音がまじっていた。「スターリング、二泊分の支度をして、一時間後にわたしと落ち合ってくれ」

それから、低い唸《うな》り音しか聞こえなくなった。てっきり切れたのだと思ったとき、いきなり声がもどった。「――キットは要らないからね。衣類だけでいい」

「落ち合う場所は？」

「スミソニアンだ」だれかほかの人物と話し合う気配がして、電話は切れた。

「クロフォード課長だったわ」クラリスはベッドに鞄《かばん》を投げだした。

マップが、読んでいた『連邦刑事訴訟法』の上に顔を覗かせた。大きな黒い目の片方をけだるそうに閉じて、クラリスが荷造りするのを見ていた。

「あんたに心配の種を吹き込む気はないんだけどさ」

「ううん、あるのよね」マップが何を言う気か、わかっていた。

マップは夜間アルバイトをしながらメリーランド大学の『法律評論』に論文を載せるところまでいった女性である。アカデミーにおける学業成績はクラスで二番、読書に対する情熱たるや並々ならぬものがあった。

「あんた、あしたは刑法の試験だし、二日後には体育のテストが控えているじゃない。そこんとこ、クロフォード将軍がよくよく注意しててくれないと、あんた、落第して一から出直しってことになっちゃうよ。それをちゃんと彼に気づかせておいたほうがいいね。〝よくやった、スターリング訓練生〟って言われて、すぐに、〝あたしも嬉《うれ》しいです〟なんて応じちゃだめだからね。あのイースター島の石像みたいな顔をぐっと睨《にら》んで言わなくちゃ、〝あたしが授業をサボった廉《かど》で落第処分にならないよう、あなたが手をまわしてくれることを信じています〟ってさ。わかる、あたしの言いたいこと?」

「刑法は追試を受けられるもの」クラリスは言って、ヘアクリップを歯でひらいた。

「それはそうだけど、予習の時間がなくて試験に落ちたんだとしても、学校はあんたを落第処分にしないと思う? 甘すぎるわよ、そんなの。復活祭の残り物の七面鳥みたいに裏口から放り出されるのがオチなんだから。感謝の思いの半減期は短いのよ、クラリス。だから、落第はさせない、って課長に言わせなきゃだめ。あんたはふだんの成績がいいんだから、彼にそう言わせること。だって、授業開始まであと一分ってとき、あんたみたいに素早くアイロンをかけられるルームメイトなんて、もう見つかりっこないもんね」

クラリスは、あとすこしで前輪がガタつきはじめるスピードでオンボロのピントを駆り、四車線の道路を順調に走っていた。熱いオイルや黴《かび》の臭《にお》い、シャシーの震動、トランスミッションの唸り音等が、亡《な》き父のピックアップ・トラックの思い出と微《かす》かに共鳴し合う。そう、狭い助手席でもぞもぞ動いている弟たちや妹と一緒に父の横にすわっていたときの思い出と。

いまは自分が運転している。白い線が切れ切れに車の下に呑《の》み込まれてゆく夜のドライヴ。落ち着いて考える時間もあった。首の真後ろからふっと恐怖が息を吹きかけてくる。つい最近の、いくつかの記憶が横でのたうっている。

キャサリン・ベイカー・マーティンの死体が発見されたのではないかと、それをクラリスはひどく恐れていた。キャサリンの素性を知ったら、バッファロウ・ビルはパニックに襲われたかもしれない。彼女を即座に殺し、喉に虫を押し込んで、どこかに棄《す》てたのかもしれない。

クロフォードはきっと、その虫の正体を調べにいっているのだ。でなければ、どうして自分をスミソニアンなどに呼び寄せるのだ？　ただ、スミソニアンに虫を持ってゆく役なら、彼でなくとも、どんな捜査官にもつとまるはずだ。ＦＢＩのメッセンジャーにもつとまるではないか。それに彼は、二泊分の支度をしてこい、と言った。

盗聴防止措置の施されていない無線でクロフォードが説明を渋る理由は、よくわかる。それにしても、あれこれ想像を逞《たくま》しくしていると、イライラしてくる。

ニュース専門局を見つけて、天気予報が終わるのを待った。ニュースがはじまったものの、何の役にも立たなかった。メンフィスからの報道は、七時のニュースの焼き直しだった。マーティン上院議員の娘が行方不明。彼女のブラウスが発見されたが、バッファロウ・ビルの手口そっくりに背中が縦に切り裂かれていた。目撃者は皆無。

ウェスト・ヴァージニアで発見された犠牲者の身許《みもと》は依然不明。

ウェスト・ヴァージニア。ポター葬儀場にまつわるクラリス・スターリングの記憶には、ある強固で貴重なものがひそんでいる。永続的で、しかも諸々《もろもろ》の暗い啓示から かけ離れて光り輝くもの。大切にしまっておくべきもの。それをいま、慎重に思いだしてみると、お守りのように握りしめられることに気づいた。ポター葬儀場の流しの前に立っていたとき、彼女は意外な、しかも喜ばしい源から力を得たのだった――それは母の思い出だった。クラリスは、兄弟を通して亡き父から伝わった気概に拠《よ》って、しぶとく生き抜いてきた人間である。新たに見つけたその宝物に驚くと同時に、彼女は感動をも覚えたのだった。

テンス・ストリートとペンシルヴァニア・アヴェニューの角の、FBI本部ビル地下駐車場にピントを駐める。歩道には二社のテレビ取材班が待機していて、めかしすぎたレポーターたちが照明を浴びている。彼らはJ・エドガー・フーヴァー・ビルを背景に、立ったままマイクに向かってしゃべっていた。クラリスは照明を迂回《うかい》して、二ブロック先のスミソニアン自然史博物館まで歩いていった。

古いビルの高い階に、明かりのついた窓がいくつか見えた。半円形の車寄せに、ボルティモア郡警察のヴァンが駐まっている。その背後の新しい監視用ヴァンの運転席で、クロフォード付きのドライヴァーのジェフが待機していた。クラリスが近づいてくるのを見ると、彼は携帯無線機で何事か連絡した。

18

クラリス・スターリングはスミソニアンの警備員に案内されて、巨大な象の剝製《はくせい》の上の階に着いた。薄暗い広大なフロアに向かってエレベーターのドアがひらくと、クロフォードがたった一人、両手をレインコートのポケットに突っ込んで立っていた。

「やあ、スターリング」

「今晩は」

クラリスの背後の警備員に向かって、クロフォードは声をかけた。「ここからは、われわれだけでいけるから。ありがとう」

クロフォードとクラリスは、人類学の標本のトレイやケースが積み上げられた通路を並んで歩いていった。天井のライトがいくつかついていた。そう多くはない。大学のキャンパスを歩いているときのように、肩を丸めて、何事か考え込む姿勢でクロフォードと歩いているうちに、彼が自分の肩に手を置きたがっているような気がクラリスはした。そう、自分に触れることが可能なら、そうしたがっているような気が。

クロフォードのほうから先に口をひらくのを、クラリスは待った。そのうち、とうとう立ち止まり、自分もポケットに両手を突っ込んだ。多くの骨の沈黙の中で、二人は向き合った。

クロフォードは背後のケースに頭をもたせかけて、鼻から大きく息を吸い込んだ。

「キャサリン・マーティンは、おそらくまだ生きている」

クラリスは何度かうなずき、最後にうなずいたままうつむいた。自分が顔を見ていないほうが彼は話しやすいのではないかと思ったのだ。クロフォードに動揺の兆《きざ》しはなかったけれども、何かしら頭にのしかかっていることがあるようだった。一瞬、奥さんが亡くなったのだろうか、とクラリスは思った。でなければ、キャサリンの悲嘆にくれた母親と終日付き合っていたせいなのかもしれない。

「メンフィスでは、手がかりがゼロに等しくてね」クロフォードは口をひらいた。「やつはおそらく駐車場で彼女をつかまえたんだろう。目撃者はいない。彼女はいったん自分のアパートメントに入って、それから、なんらかの理由でまた外に出たんだ。しかし、外に長いあいだいる気はなかったらしい――ドアがあいたままで、締め出されないようにロックのボルトが跳ね上げてあったからね。キー・リングはテレビの上にのっていた。室内が荒らされた形跡はない。彼女は部屋に入って、またすぐ外に出たんだろう。寝室の留守番電話のところまで足を運んだ形跡もないんだ。彼女のぐずなボーイフレンドがようやく警察に通報したときには、メッセージ・ライトがまだ点滅していたらしいから」骨のトレイの中に無意識に入れた片手を、クロフォードは慌《あわ》てて引きだした。

「というわけで、やつは彼女を押さえているんだ、スターリング。テレビ各局は、夕方のニュースでカウントダウンを行わないことに同意してくれた——それをやると、かえってやつをけしかける結果になる、というのがブルーム博士の見解なのさ。それでも、二、三のタブロイド紙はカウントダウンをするだろうな」

今回の一連の誘拐事件の中には、背中を切り裂かれた衣類が異例に早く見つかったため、犠牲者がまだ生きてとらえられているうちに、バッファロウ・ビルの犯行とわかった例もある。低俗紙の中には、一面の黒枠の記事でカウントダウンをしていたケースがあったのを、クラリスは覚えている。浮遊死体が上がったときには、衣類が発見されてから十八日目になっていた。

「だから、キャサリン・ベイカー・マーティンはいま、ビルの楽屋で出番を待っているわけさ、スターリング。われわれに与えられた時間は、おそらく一週間だろう。長めに見積もっての話だが――ビルが殺害を実行するまでの時間は短縮されつつある、とブルームは見ているんだ」

クロフォードにしては多言を費やしたほうだっただろう。劇場の〝楽屋〟にたとえたところなどは、あざとい感じがした。彼が本題に入るのを、クラリスは待った。クロフォードは本題に入った。

「しかし、今回はね、スターリング、今回はちょっとした手がかりがつかめるかもしれないんだよ」

クラリスは期待をこめて、じっと彼の顔を見あげた。

「実は、虫がまた見つかったんだ。きみの知り合いの、ピルチャーと……もう一人」

「ロドゥンですね」

「その二人が、いま調べている」

「どこで見つかったんですか――シンシナティですか？――冷凍庫に入っているあの女性から？」

「ちがう。一緒にきてくれ、見せてやるから。きみがどう思うか、聞かせてほしいのさ」

「昆虫学研究部は反対の方向ですけど、クロフォード課長」

「わかっている」

二人は角をまわって人類学研究部のドアの前に立った。曇りガラスを透して明かりが見え、人声が伝わってくる。クラリスは中に入った。

部屋の中央、明るい照明の下のテーブルで、三人の白衣の男が立ち働いていた。何をしているのか、クラリスには見えなかった。行動科学課のジェリー・バロウズが彼らの肩ごしに覗《のぞ》き込んで、クリップボードに何か書き込んでいる。馴染《なじ》みのある臭いが部屋には漂っていた。

そのうち、白衣の男たちの一人が流しのほうに移動して、何かを置いた。それで、クラリスにもはっきりわかった。

作業台のステンレス・スティールのトレイにのっていたのはクラウス、彼女がスプリット・シティ社の倉庫で見つけたあの首だった。

「クラウスの喉《のど》にも虫が押し込まれていたんだ」クロフォードが言った。「ちょっと待ってくれ、スターリング。ジェリー、話している相手は無線室かい？」

バロウズはクリップボードに記したメモを電話に向かって読みあげていたのだ。送話口を手で押さえて、彼は答えた。「そうです、課長。あっちではいま、クラウスの手配写真を乾かしているところです」

クロフォードは受話器を彼から受けとった。「ボビー、インターポルの情報提供を待たずに動いてくれ。写真電送の用意をして、診察報告と一緒に写真を送れ。スカンディナヴィア諸国、西ドイツ、オランダ。クラウスは船から逃げだした商船乗組員の可能性があるという添え書きをつけるのを忘れずにな。頬骨骨折で、健康保険から治療費が支払われているかもしれない、と言い添えるんだ。あれは何といったかな、頬《きょう》骨弓《こつきゅう》だ。ふつうの歯科と国際歯科連盟と、二つの歯科のカルテを送るのを忘れるな。いま年齢を割り出しているところだが、あくまでも、おおざっぱな推定であることを強調するように——その点で、頭蓋《ずがい》縫合をあてにすることはできないんだ」受話器をバロウズにもどして、「荷物はどこなんだい、スターリング？」

「下の警備員室です」

「ジョンズ・ホプキンズ大学があの虫を見つけたのさ」二人でエレベーターを待つ間に、クロフォードは言った。「ボルティモア郡警察のために、あの首を調べていたんだね。すると、喉につめ込まれていたんだよ、まさしくウェスト・ヴァージニアのあの女性のように」

「まさしくウェスト・ヴァージニアの、あの女性のようにですか」

「その通り。ジョンズ・ホプキンズは今夜七時頃、あれを見つけた。飛行機に乗っていたわたしに、ボルティモア郡の地方検事が電話してきてね。彼らはクラウスの首から何から、まるごと送ってきたんだよ、われわれが現状のまま確認できるように。彼らはクラウスの年齢についても、エンジェル博士の見解を聞きたがった。それと、クラウスが頰骨を骨折したときの年齢もね。そういう問題になると、われわれ同様、彼らもスミソニアンに相談するのさ」

「ちょっと考えさせてください。つまり、クラウスを殺したのはバッファロウ・ビルかもしれないと課長はお考えなんですね？　何年も前に殺したのだろうと？」

「突飛すぎる思いつきだというのかい？　偶然の一致がすぎると？」

「そう思えますね、いまこの瞬間には」

「じゃあ、もうすこし煮詰めてみようじゃないか」

「クラウスが見つかる場所をわたしに教えてくれたのは、レクター博士なんです」

「ああ、そうだったね」

「レクター博士の話では、彼の患者のベンジャミン・ラスペイルが、クラウスを殺したのは自分だと言っていたそうです。でも、本当は仮死状態で絶頂を楽しむ性行為をしていて、たまたま死んだんだろう、と博士は言っていましたが」

「ああ、そう言っていたね」

「クラウスの本当の死因をレクター博士は知っているのかもしれない、とお考えなんですか？　クラウスに死をもたらしたのはラスペイルでもなく、特殊な性行為でもなかったと？」

「クラウスの喉には虫がつめ込まれていた、ウェスト・ヴァージニアのあの女性のように。そんな事例を、わたしは他に見たこともないんだよ。読んだこともなければ聞いたこともない。きみはどう思う？」

「課長はわたしに、二泊分の仕度をしてこいとおっしゃいましたね。レクター博士に訊《き》きにいかせたいんですね、わたしに」

「彼がまともに話す相手はきみしかいないからな、スターリング」クロフォードの表情は実に悲しげだった。「きみも引き受けてくれるんじゃないかと思ってね」

クラリスはうなずいた。

「病院に向かいながら話そうじゃないか」クロフォードは言った。

19

「一連の殺人容疑でわれわれに逮捕されるまで、レクター博士は精神科医として、何年も手広く診療行為をつづけていたんだ」クロフォードは言った。「精神鑑定もずいぶん手がけていたしね、メリーランド州やヴァージニア州、それに東海岸の南北の州の裁判所のために。精神異常の犯罪者もずいぶん診ている。個人的に面白がって、どういう人間を施設から解放したか、わかったものじゃない。彼にしてみれば、それが自分の治療効果を知る一つの方法だったのさ。彼はラスペイルとも社交的な付き合いがあったから、おそらく診療に際してラスペイルからいろんなことを聞いてるだろう。クラウスを殺した人間の名も、ラスペイルは彼に明かしているかもしれんね」

クロフォードとクラリスは、監視用ヴァンの後部の回転椅子《いす》にすわって、向かい合っていた。ヴァンはいま六十キロ離れたボルティモアに向かって国道九十五号線を北に突っ走っている。運転席のジェフが、飛ばせ、と命じられているのは明らかだった。

「レクターが協力を申し出たが、わたしはのらなかった。以前、協力してもらったことがあるんだが、有益な情報は何ひとつ教えてくれなかった。逆にグレアムがナイフで顔を突き刺されるのに一役買ったくらいだからね、最後のときは。それも、面白がってやらせたんだ。しかし、クラウスの喉に虫がつめ込まれていた件、ウェスト・ヴァージニアの女性の喉に虫がつめ込まれていた件、いずれも無視することはできない。アラン・ブルームはそんな行為の前例など聞いたこともないと言ってるが、わたしも同じだ。きみはそういう行為に出合ったことがあるかい、スターリング？　きみはこのところ、いろんな資料を読んでいるはずだが」

「いいえ、一度もありませんね。他のものをつめ込む例はありますが、昆虫を喉につめ込む例は一度もなかったように思います」

「まず、二つのことに留意しよう。第一に、われわれはレクター博士が何か具体的なことを知っているという前提に立つ。第二に、レクターの狙《ねら》いは常に個人的な愉楽だということを銘記する必要がある。この愉楽という要素を、決して忘れないことだ。彼にしてみれば、キャサリン・マーティンがまだ生きているうちにバッファロウ・ビルの包囲網が狭まっていくことが望ましい。彼の求める愉楽も、彼の存在意義も、その方向でこそ高まるのだから。いまのところ、われわれには彼を協力させるために脅す手段は残っていない――彼はもう便座も座右の書も失ってしまったからね。もう何もないんだから」

「いまの状況をありのまま彼に話して、協力の報酬を何か、たとえば眺めのいい独房などを提示したら、どうなるでしょう？　このまえ彼が協力を申し出たときの望みはそれでした」

「彼は〝協力〟を申し出たんだろう、スターリング。〝密告〟を申し出たわけじゃない。密告したところで、彼は自分の偉さを世間に誇示できないからね。きみは疑っているな。真実を求めているね。いいかい、レクターはなんら慌てる必要はないんだ。彼は野球を楽しむように、この事件の経過を追っている。こちらが犯人の名を明かすように頼んでも、きっと時間をかけるだろう。すぐには応じまい」

「たとえ報酬を提示されてもですか？　キャサリン・マーティンが生きていればこそ与えられる報酬を提示されても？」

「彼が確実な情報を握っているのをわれわれは知っているんだと告げて、だから、犯人の名を明かしてくれ、と仮に頼んだとしよう。その場合、彼が最大の愉楽を覚えるのは、すぐには何もせず、いつまでも際限なく、犯人の名を思いだそうとするふりをつづけることなんだ。マーティン上院議員に希望を持たせたあげくキャサリンを死なせ、次の母親も、そのまた次の母親も同じようにして苦しめる。思いだすふりをして希望を持たせる——そのほうが、眺めのいい独房に入るよりも、ずっと楽しいはずだ。それが彼の生きる糧《かて》なんだな。彼の栄養なんだよ。

　人は年をとるにつれて賢明になるものかどうかわからんがね、スターリング、絶望的な事態をある程度避ける術《すべ》を身につけることはできる。いまも、ある程度は避けられるはずなんだ、われわれは」

「だから、わたしたちがレクター博士に会うのは、純粋に彼の推理と洞察を知りたいためなのだ、と思わせる必要があるわけですね」

「そのとおり」

「どうして課長は、いまのような読みをわたしに明かしたんですか？　なぜ単に、彼の推理を聞いてこいと言って、わたしを送り込まなかったんですか？」

「正直に言おう。きみは単に命令されても同じことをするだろう。しかし、そういうやり方では長続きしないものなのさ」

「じゃあ、クラウスの喉に入っていた蛾《が》のことも、クラウスとバッファロウ・ビルの関連のことも、話には出さないわけですね」

「そういうことだな。きみがまた訪ねてきたのは、バッファロウ・ビルがいずれ頭皮を剝《は》ぎはじめるというレクターの予言に感じ入ったからだ、と思わせるんだね。公式には、わたしはレクターの能力を評価していないことになっている。それはアラン・ブルームも同じだ。しかし、きみはその事実をどう利用してもかまわんからね。きみはレクターに、ある特典をオファーするんだ——マーティン上院議員のような実力者にして初めて実現できる特典を。もしキャサリンが死んだらそのオファーは帳消しだから急がないと、とレクターには思わせることだ。キャサリンが死んでしまったら、議員はレクターへの関心を完全に失ってしまう、とね。レクターがこちらの期待に応《こた》えられなかったら、それは彼が、自分には可能だと広言していたことを実現するだけの才能も知識も、実は持ち合わせていないからだ——われわれに対する悪意から事実を隠しているせいではあるまい」

「上院議員は関心を失うでしょうか?」

「きみは、その問いに対する答えは知らなかったと宣誓証言できる立場でいたほうがいい」

「わかりました」つまり、この企てはマーティン上院議員には知らされていないのだ。とすると、かなり大胆な決断と言えよう。クロフォードは明らかに外部からの干渉を恐れている。上院議員はレクターに懇願するような過《あやま》ちを犯しかねない、と見ているのだ。

「本当にわかったのかい？」

「ええ。ただ、彼の立場に立ってみると、自分が裏情報を握っていることを示さないまま、わたしたちにバッファロウ・ビルの正体を暗示できるほど巧妙に話ができるものでしょうか？　おもてむき、単なる推理と洞察だけでそれが可能でしょうか？」

「さあ、わからんよ、スターリング。ただ、彼には思案を練るに十分な時間があったはずだ。六人の犠牲者を見ながら、いままで待っていたのだから」

ヴァンに装備された盗聴防止電話が鳴って、ライトが点滅した。クロフォードがＦＢＩの交換台に申し込んでおいた一連の電話の最初の分が通じたのだ。

それから二十分にわたって、彼は各国の担当捜査官と次々に会話を重ねた。オランダ国家警察と憲兵隊の旧知の捜査官たち。かつてクワンティコで研修に参加したことのあるスウェーデン科学警察の警視。個人的な知己であるデンマーク国家警察長官の補佐官。ベルギー刑事警察の夜勤担当官と話したときには突然フランス語に切り替えて、クラリスをびっくりさせた。どの人物との対話でもクロフォードが強調したのは、クラウスとその交遊仲間たちの身許《みもと》を短時間で確認することの重要性だった。どの国の警察も、すでにインターポルからの要請をテレックスで受けているはずだが、こうして旧知の連中とのネットワークをフルに働かせておけば、その要請が何時間も放置される心配はない。

クロフォードがこのヴァンを選んだのは優秀な通信機能——新式の音声プライヴァシー・システムを備えていた——のせいであることは、クラリスにも見てとれた。が、この仕事は彼のオフィスでこなしたほうがはるかに楽なはずだった。ここでは貧弱な照明の下、小さなデスクでメモ帳のページを繰らなければならないし、タイヤが路面の目地段差を越えるたびにメモ帳が跳ね上がるのだから。現場経験の浅いクラリスでも、こういう任務に際して課長がヴァンで突っ走るのがきわめて異例であることは察しがつく。その気なら彼は、無線で自分に指示することもできたのだ。そうしないでくれたのが、嬉《うれ》しかったけれども。

このヴァン内での静穏と、任務をスムーズに進捗《しんちょく》させるために許された時間、それはいずれも高い代価を払って購《あがな》われたのだ、という気がクラリスはしていた。クロフォードが電話で話すのを聞いていると、それが裏づけられた。

彼はいま、自宅にいる長官と話していた。「いいえ。連中、やる気になりましたか？……どれくらいのあいだ？　いや。隠しマイクは使わないほうがいい。トミー、それが私の判断です、それは曲げられません。彼女に隠しマイクをつけさせることは、絶対反対です。ブルーム博士も同じ意見です。彼は霧のためにオヘア空港で足止めを食らっていましてね。霧が晴れしだい、やってきます。ええ、わかりました」

次いでクロフォードは、自宅に電話をかけ、夜勤の看護師と謎《なぞ》めいたやりとりを交わした。それが終わると、内部の見えないヴァンの窓を透かして、一分ほど外を見ていただろうか。指にかけた眼鏡を膝《ひざ》に置いていたが、対向車のライトに照らされる顔は無表情だった。そのうちまた眼鏡をかけて、クラリスのほうに向き直った。

「レクターには三日間面会できることになっている。それで成果がゼロだったら、裁判所の制止命令が出るまでボルティモア郡警察が彼を締め上げるはずだ」

「前回は彼を締め上げても結果が出ませんでした。レクター博士は簡単には音をあげない人です」

「全部終了した後、レクターは彼らに何を渡したんだったかな、紙のニワトリかい?」

「ええ、ニワトリです」くしゃっとつぶされたオリガミのニワトリは、まだクラリスのハンドバッグに入っている。小さなデスクにのせてその皺《しわ》をのばすと、クラリスはくちばしを上下させた。

「ボルティモア郡警察の連中は責められんな。レクターは彼らの囚人なんだから。仮にキャサリンの死体が川からあがるようなことがあったら、自分たちは全力を尽くしたんだ、とマーティン上院議員に釈明できるだけのことはしておく必要があるんだ」

「マーティン上院議員はどんな様子ですか？」

「頑張ってはいるが、悩んでいるな。聡明《そうめい》でタフな、常識をわきまえた女性だよ。きみもきっと好きになるだろう」

「ジョンズ・ホプキンズ大学とボルティモア郡警察は、クラウスの喉《のど》にあった虫のことを秘密にしておけるでしょうか？　わたしたち、新聞に洩《も》れないようにしておけるでしょうか？」

「三日間は大丈夫だろうね、すくなくとも」

「よく稼げましたね、それだけの日数」

「フレドリック・チルトンはじめ、病院のスタッフはだれ一人信用できんね。チルトンに知れたら、世間一般に知られてしまう。きみがあそこにいけば、当然チルトンには知れるだろう。しかし、きみはただボルティモア郡警察の殺人課に協力してクラウス事件を解決しようとしているにすぎないんだからな――表むき、バッファロウ・ビルとは何の関係もないんだ」

「で、わたしの行動は深夜に限られるんですね？」

「それ以外の時間はかんばしくないからね。これは話しておいたほうがいいと思うんだが、ウェスト・ヴァージニアの女性の喉にあった虫の件、これはあすの朝刊にのると思う。シンシナティの検視官事務所が洩らしてしまったんだ。だからもう、秘密ではなくなってしまう。レクターはきみから内部情報を引き出せるわけだが、それは別にどうということもない、われわれがクラウスの喉にも虫を発見したことを彼に知られない限りはね」

「彼に提示する交換条件は、どういうものになるのでしょう？」

「それをいま、練っているところさ」クロフォードは言って、また電話に向き直った。

20

全面白タイル張りの大きな浴室。天窓。むきだしの古いレンガの壁際《かべぎわ》に、光沢のあるイタリア製の家具が並んでいる。両側に丈の高い観葉植物の置かれた、凝った造りの化粧台。化粧品があふれんばかりにのっていて、鏡はシャワーの蒸気の水滴で覆《おお》われている。シャワー室から流れているハミングは、無気味な声のわりにキーが高すぎる。歌は、ミュージカル〝エイント・ミスビヘイヴィン〟でも歌われた、ファッツ・ウォーラーの〝キャッシュ・フォー・ユア・トラッシュ〟。ときどきハミングが歌詞に変わった――。

セイヴ・アップ・オール・ユア・オールド・ニューズペイパーズ
セイヴ・アンド・パイレム・ライク・ア・ハイ・スカイスクレイパー
(古新聞はみんなとっておけ　捨てずにとっておいて、摩天楼のようにつみあ

げろ)

ダー・ダダダー・ダー・ダー・ダダー・ダー・ダー……

歌詞になるたびに、浴室のドアを小犬が引っ搔《か》いた。

シャワー室にいるのは、ジェイム・ガム。白人男性。三十四歳。身長一八六センチ。体重九十三キロ。茶色の髪、青い目。目立つ傷痕《きずあと》はない。自分のファースト・ネームをs抜きのジェイムズのように発音する。ジェイム。人にもそう発音するように要求する。

最初に石鹼《せっけん》の泡を洗い落としてから、ガムはマッサージ・オイルのフリクシオン・デ・バンをとって胸から尻《しり》に両手で塗りこみ、手でさわりたくない部分には持ち手のついたディッシュ・モップを使った。脚から足にかけてはすこし毛が生えているが、それは見逃すことにした。

皮膚がピンク色になるくらいタオルで体をこすってから、高級な皮膚軟化剤を塗り込む。等身大の鏡の前には、桟に吊《つ》るしたシャワー・カーテンがかかっている。ディッシュ・モップでペニスと睾丸《こうがん》を脚のあいだに押し込むと、カーテンをさっとひらいて鏡の前に立った。陰部が圧迫されて痛むのもかまわず、腰を一方に突き出すポーズをとった。

「ねえ、どうにかしてよ、ハニー。早くどうにかしてったら」

生まれつき太い声の高音部を使う。だんだんうまくなってきている、と思っていた。これまで摂《と》ってきたホルモン剤——しばらくプレマリンを使ってから、経口用の合成女性ホルモン、ジエチルスチルベストロールを使った——は声を変える効果こそなかったものの、ややふくらみかけた胸まわりの毛が薄くなってきている。電気分解治療を重ねた結果、顎《あご》ひげがなくなって、髪の生え際も富士額になったけれども、彼の容《よう》貌《ぼう》自体は女のようには見えない。彼は両手の拳《こぶし》と両足に加えて指の爪《つめ》まで喧嘩《けんか》の武器にする男のように見えた。

彼の日頃の言動は、女のふりをしようとする真剣ながら不毛の試みか、それとも憎《ぞう》悪《お》に満ちた嘲弄《ちょうろう》なのか、短い付き合いの人間には判定しかねたが、そもそも彼は短い付き合いしかしない男だった。

「あたしをどうしてくれるのよおお?」

彼の声が聞こえると、小犬がドアを引っ掻く。ガムはローブを着て、小犬を中に入れた。シャンペン色のプードルを抱きあげて、ぽってりした尻にキスしてから、

「やっぱりいぃぃ。おなかがすいたのね、プレシャス？　あたしもよ」

子犬をもう一方の腕に持ち替えて、寝室のドアをあける。子犬は早く降りようともがいた。

「ちょっと待ってよ、いい子だから」あいているほうの手でミニ－14カービン銃をベッドの脇《わき》の床からとりあげ、枕《まくら》の上に置く。「さあ、いいわ。ね、ほら。すぐ夕食だからね」小犬を床に下ろして寝間着をさがす。小犬は嬉しそうに彼の後を追いかけて、階下のキッチンまでついてきた。

ジェイム・ガムは電子レンジから〝ＴＶディナー〟を三つとりだした。自分用の〝ハングリー・マン・ディナー〟が二つと、プードル用の〝リーン・キュイジーヌ〟。プードルはメイン・ディッシュとデザートを貪《むさぼ》るように食べて、野菜を残した。ジェイム・ガムは二つのトレイに骨しか残さなかった。

彼は裏口から子犬を外に出した。ローブの前を掻き合わせて寒さに備えつつ、戸口から洩れる細い光を浴びてしゃがみこむ小犬を見守った。

「だめじゃない、もう一つのほうもしなくちゃあ。わかったわ、あたし、見てないからね」だが、彼は指のあいだからこっそり覗《のぞ》いていた。「ああ、よしよし、いい子ねえ、おまえは本物のレディだもんね。さあ、お寝んねしましょ」

ミスター・ガムはベッドにもぐりこむのが好きだった。一晩に何度ももぐりこむ。起きるのも好きで、明かりを消したまま、いくつもある部屋のどれかにすわっている。何か創造的なアイデアが湧《わ》くと、夜中にしばらく仕事をする。

いったんキッチンのライトを消しかけてから動きを止めると、何か考え込むように唇をすぼめて夕食の食べ残しを見た。それから、三つのトレイを集めて、テーブルの上を拭《ふ》いた。

階段の下り口のスイッチをつけると、地下室のライトもつく。ジェイム・ガムはトレイを持って階段を降りはじめた。キッチンでプードルが吠《ほ》え、彼の背後のドアを鼻先であけた。

「わかったわよ、お馬鹿《ばか》さん」プードルをすくいあげて降りてゆく。プードルはもがいて、ガムがもう一方の手に持っているトレイに鼻を突っ込もうとする。「だめよ、もういっぱい食べたじゃない」下に降ろされたプードルは彼の後にぴったりくっついて、段差のある構造の、だだっ広い地下を通り抜けた。

キッチンの真下の地下には、水が涸《か》れてだいぶたつ井戸があった。砂でざらついた床から六十センチの高さの石造の井戸の縁は、新しい鉄の環《わ》とコンクリートで補強されていた。子供の力では持ち上げられない、元からの木の蓋《ふた》がいまも井戸を覆っていた。その蓋にはバケツを下ろせるだけの開口部をふさぐ跳ね上げ戸がついていたが、その戸はいまあいており、ジェイム・ガムは自分のトレイとプードルのトレイの食べ残しをさらって、穴に落とした。

骨と野菜の屑《くず》が一瞬の残影を残して井戸の漆黒の闇《やみ》の底に消えてゆく。プードルがちんちんをして、せがんだ。

「だめよ、もう何もなし」ガムは言った。「そんなに太ってて、なによ」

階段をのぼりながら、彼はプードルにささやいた。「いい子ね、おでぶちゃん」黒い穴の底から響いてくる、まだ力強い、正気を保った叫び声を耳にした素振りを、彼はまったく示さなかった。

「おねがあああい」と、その声は叫んでいた。

21

クラリス・スターリングは午後十時ちょっとすぎに、州立ボルティモア精神異常犯罪者用病院に入った。一人だった。フレドリック・チルトン院長がいなければいいと思っていたのだが、彼はオフィスでクラリスを待っていた。

チルトンはイギリス風仕立ての格子柄《こうし》のスポーツ・ジャケットを着ていた。サイドベンツの裾《すそ》が婦人服のペプラム・ジャケットのような印象を与える。このわたしのためにめかしているのでなければいいのだけれど、とクラリスは思った。

彼のデスクの前はがらんとしていて、背もたれの真っすぐな椅子《いす》が一脚、床にボルトで留められている程度だった。自分の挨拶《あいさつ》の言葉が宙に浮いているあいだ、クラリスはその椅子のわきに立っていた。彼の葉巻保湿ケースのわきのラックにのっているパイプの臭《にお》いが不快だった。

フランクリン・ミントの蒸気機関車の模型コレクションをじっくり見てから、チルトン院長はクラリスのほうを向いた。

「カフェイン抜きコーヒーをどうだい？」

「いいえ、けっこうです。夜のご予定を邪魔して申しわけありません」

「きみはまだあの首に関して、何かを探り出そうとしているのかい？」

「ええ。その件であなたとも調整ずみだ、とボルティモア地方検事局から聞いているんですが、院長」

「ああ、そのとおり。わたしは当地の官憲当局とはきわめて密な連携を保っているんでね、ミス・スターリング。ところで、きみはなにか記事か論文でもまとめるつもりなのかい？」

「いいえ」

「学会誌に記事をのせたことは？」

「一度もありません。これは、連邦検事局から、ボルティモア郡警察殺人課のために協力してくれと頼まれてやっていることですから。ボルティモア郡警察には事件を未解決のまま引き渡したので、あらためて捜査を締めくくるお手伝いをしているんです」チルトンへの嫌悪感のせいで、嘘《うそ》も難なくつけることにクラリスは気づいた。

「きみはワイヤをとりつけているのかい、ミス・スターリング？」

「きみはレクター博士の発言を録音する装置を身につけているのかい？　それを警察用語では〝ワイヤをとりつけている〟というんだ、聞いたことがあるはずだが」

「わたしが、何を──」

「いいえ、とりつけてはいません」

チルトン院長はデスクから小型のパールコーダーをとりだして、カセットをポンと挿入した。「じゃあ、これをハンドバッグに入れておくといい。あとで内容を文章に起こさせて、きみにもコピーをまわすから。きみのメモを補強するのに使えるはずだ」

「いいえ、それはできません、チルトン院長」

「どうしてだ、いったい？　このクラウスの件に関するレクターの発言は何でも分析してくれと、わたしは以前からボルティモア郡当局に頼まれてるんだぞ」

〝できれば、チルトンには容喙《ようかい》させないように〟と、クラリスはクロフォードに言われていた。〝いざというときはすぐ裁判所命令を使ってチルトンを排除できるが、レクターは彼の介在を嗅《か》ぎつけるだろうからね。レクターはCTスキャンのようにチルトンの内心を見透かすことができるんだ〟

「連邦検事は、わたしたちがまず非公式なアプローチを試みたほうがいい、と考えているんです。レクター博士に内緒でその発言を録音し、後でそのことが彼に知れたら、せっかく彼とのあいだに築いた協力的な雰囲気が、いっぺんに壊れてしまいます。その点はあなたもお認めになると思いますが」

「どうして彼に知れるんだい？」

彼は、あんたがそれ以外に洩《も》らす事項と一緒に、新聞で読むに決まってるじゃないの、馬鹿。クラリスは直接その問いには答えなかった。「もしこの語らいが実って、彼がなんらかの供述をすることになったら、あなたは真っ先にその文面を読むことになるでしょうし、専門家としての証言も求められますよ、きっと。いまはなんらかの手がかりを彼から引き出すことが肝要なんです」

「彼はなぜきみとなら話そうとするか、知ってるかい、ミス・スターリング？」

「いいえ、チルトン院長」

デスクの背後の壁に飾られた、彼の取り巻きのような免状や賞状を、彼は一つ一つ見まわした。まるで、それぞれの意見を聴き取ろうとするかのように。それからゆっくりとクラリスのほうに向き直って、「きみは本当に、自分のしようとしていることの意味がわかっているのか？」

「ええ、もちろん」もういい加減にしてくれないかな。運動しすぎたせいで、脚に力が入らなかった。クラリスはいま、チルトンとは争いたくなかった。レクターと対峙《たいじ》するときに備えて余力を残しておきたいのだ。

「きみがいま何をしているかというと、患者と面接するためにわたしの病院にやってきておきながら、面接の結果得られる情報はわたしには渡さないと言い張っているんだ」

「わたしは上司の指示に従って動いているだけなんです、チルトン院長。連邦検事の夜間通話用電話番号を控えてありますので、どうか、その問題を彼と話し合うか、あるいはわたしに任務を果たさせるか、どちらかにしてください」

「言っとくがね、わたしは単なる獄吏じゃないんだよ、ミス・スターリング。単に人を出入りさせるために、わざわざ夜間、ここに出張ってくるわけじゃないんだ。今夜なんか、ホリデイ・オン・アイスのチケットを持っていたんだから」

複数形の〝チケッツ〟ではなく、単数形の〝チケット〟と言ってしまったことに、彼は気づいた。その瞬間、クラリスは彼の暮らしの内実を知り、それを知られたことを彼も覚《さと》った。

クラリスはあらためて、彼のわびしげな冷蔵庫を見た。一人で食べる〝TVディナー〟のトレイに残った食べかすを、何ヶ月も積み上げられたままの小物の類《たぐい》を、見た

——薄笑いと口中清涼剤で取り繕う孤独な暮らしの痛みが伝わってくる——と同時に、飛び出しナイフの素早さで、この男に同情は禁物、これ以上言葉は交わさず、目もそらさないほうがいいと覚った。クラリスは射抜くように彼の顔を見つめた。ごくわずかに頭をかしげて自分の美貌を見せつけ、彼の真の姿を見届けたことを知らしめて、突き刺すように相手を見つめる。この男からはもう会話をつづける気力も失われた、と見定めがついた。

チルトンはアロンゾという名の用務員をクラリスにつけて、面接にいかせた。

22

アロンゾと共に最下層の監房に向かって病院の中を下ってゆきながら、クラリスは、壁を強打する音や叫び声を可能な限り意識から閉めだしていた。が、それらの音は空気を震わせて肌に伝わってくる。まるで水中を下へ下へと沈下しているように、空気が重くのしかかってきた。

異常者たちが間近にいると思うと——しかも、ぎりぎりと縛り上げられた孤立無援のキャサリン・マーティンをそういう一人が嗅ぎまわり、自分のポケットを撫《な》でて不吉な道具を探している姿などを想像したりすると——早く任務を遂行しなければ、とクラリスの気持は引き締まった。が、いまは単なる決意以上のものが必要だった。冷静沈着でいること、すぐれて鋭利な道具になること、が必要だった。一刻を争う局面にあって、忍耐を発揮することが必要だった。もしレクター博士が答えを知っているのなら、彼の思考の枝葉末節にまで分け入って、その答えを探さなければ。

キャサリン・マーティンのことを、テレビ・ニュースで見た少女時代の姿、ヨットに乗っていた少女の姿で自分がとらえていることに、クラリスは気づいた。

アロンゾが最後の頑丈な扉のブザーを押した。

「案ずるべきこと、案ずるに及ばないことを、われらに教えたまえ。平静を保つ術《すべ》を教えたまえ」

「何ですって?」アロンゾが訊《き》いた。T・S・エリオットの『聖灰水曜日』の一節をつい声に出して言ってしまったことに、クラリスは気づいた。

扉をあけてくれた大柄な用務員に、アロンゾはクラリスを託した。背中を向けたアロンゾが胸に十字を切っているのを、クラリスは見逃さなかった。

「お帰りなさい」用務員が言って、クラリスの背後でボルトをかけた。

「今晩は、バーニー」

自分の席にもどると、バーニーは太い人差し指を一冊のペーパーバックのページのあいだにもぐらせた。ジェイン・オースティンの『分別と多感』だった。クラリスは何事も見逃さないつもりでいた。

「照明をどうします?」バーニーは訊いた。

中央の通路は薄暗かった。突き当りに近い最後の監房から明るい光が通路に洩れているのが見えた。

「レクター博士はまだ起きているのね」

「ええ、夜はいつも——明かりを消しているときでも」

「照明はいまのままにしておきましょう」

「歩くときは通路の中央からそれないように。鉄格子にはさわらないでください。いいですね?」

「テレビは消してもらいたいわ」テレビの位置が移動していた。いまは突き当たりにあって、通路の中央を向いている。鉄格子に頭をもたせかければ、画面が見える囚人も何人かいるだろう。

「ええ、スイッチをひねると音は消えますから。でも、映像は残しておいてください、もしお気にならなければ。映像を見たがるやつもいますんでね。椅子にすわりたければ、あそこにありますから」

クラリスは一人で薄暗い通路を進んでいった。両側の監房は覗《のぞ》かなかった。自分の足音がいやに大きく聞こえる。他に耳に入る物音といっては、一つ、ないし二つの監房から聞こえるしめったいびき、それと、別の監房から聞こえる低い含み笑いぐらいのものだった。

死んだミッグズの監房には新しい囚人が入っていた。床に投げだされた長い脚と、鉄格子にもたれている頭のてっぺんが見える。前を通りながら、クラリスはちらっと見た。ちぎった色画用紙の断片の散らばる床に、男がすわっていた。無表情だった。両目にテレビの光が映っていて、口の端から肩にかけて、よだれがきらっと糸を引いていた。

レクター博士の監房は、彼が自分の姿を認めたとはっきりわかるまで覗き込みたくはない。両肩のあいだがムズムズするのを感じながら、クラリスは彼の監房の前を通りすぎ、テレビに歩み寄って音を消した。

白い監房の中で、レクター博士は患者用の白いパジャマを着ていた。監房の中で色彩を保っているのは彼の髪と、長期間陽の目を見ないため周囲の白に溶け込んでしまったような顔にきらめく目と、赤い口に限られていた。その目鼻立ちは、シャツの襟の上に浮かんでいるように見えた。彼は鉄格子から自分を隔てているナイロン・ネットの向こうのテーブルについていた。自分の手をモデルにして、包肉用紙にスケッチしている。クラリスが見ていると、指を最大限曲げて前腕の内側を描いているのだった。ぼかしをつける擦筆《さっぴつ》代わりに小指を使って、木炭の描線を修整していた。

もうすこし鉄格子に近づくと、レクター博士が顔をあげた。監房の中のあらゆる影がその目と富士額に吸い込まれていくように、クラリスには見えた。

「こんばんは、レクター博士」

彼の赤い舌の尖《さき》が、同じように赤い唇から現われた。それは上唇のちょうど真ん中に触れて、また引っ込んだ。

「クラリス」

その声の裏に、微《かす》かに金属がこすれ合うような響きをクラリスは聞きつけた。彼が最後に人と言葉を交わしたのは、どれくらい前だったのだろう。沈黙が拍動する……。

「学校があるのに、ずいぶん夜更《よふ》かしをしているね」レクター博士は言った。

「これが夜間授業ですから」言いながら、もっと力強い声で話さなければ、とクラリスは思った。「きのう、ウェスト・ヴァージニアにいっていたんですが――」

「怪我《けが》をしたのかい？」

「いいえ、それでわたし――」

「新しいバンドエイドを貼《は》っているね、クラリス」

そのとき、彼女は思いだした。「きょう、泳いでいて、プールの縁でこすってしまったんです」バンドエイドはふくらはぎに貼ってあり、ズボンで隠れて見えない。彼はきっと匂《にお》いでわかったのだろう。「きのう、ウェスト・ヴァージニアにいっていました。あそこで死体が見つかったんです。バッファロウ・ビルのいちばん新しい被害者ですが」

「いちばん新しくはあるまい、クラリス」

「その前の被害者ですね」

「そうだな」

「頭皮を剝《は》がれていました。あなたの予言どおりに」

「話しながらスケッチをつづけてもかまわんかな？」

「ええ、どうぞ」

「で、死体を調べたのかい？」

「はい」

「彼の、もっと以前の所業は見ているか？」

「いいえ。写真でしか」

「どんな気持がした？」

「ぞっとしました。それからは、仕事に追われて」

「で、その後は？」

「動揺しましたね」

「務めはちゃんと果たせたのかい？」レクター博士は包肉用紙に木炭をこすりつけて、先をとがらした。

「それはもう。任務はきっちりと果たしました」

「ジャック・クロフォードのためにかね？　彼は相変わらず得意先まわりをしているのか？」

「彼も現場にいました」

「ちょっと、言うことを聞いてくれないか、クラリス。頭を前のほうに下げてくれないかな、眠っているような感じで。そう、もうちょっと。すまんね、おかげできみの感じがつかめたよ。よかったら、すわってくれ。で、きみは、死体が見つかる前に、わたしが言ったことをジャック・クロフォードに話してあったのかい？」

「ええ。彼は一笑に付していましたが」

「で、ウェスト・ヴァージニアで死体を見てからは？」

「彼が信頼している権威と話していました、あのなんとかいう大学の――」

「アラン・ブルームか」

「そうです。そのブルーム博士が言うには、バッファロウ・ビルは新聞などがつくりあげた虚像を自分で演じているのだ、と。タブロイド紙が囃《はや》したてている、頭の皮を剝ぐバッファロウ・ビルというイメージを自ら演じているのだ、と。だから、いずれ彼がこういう挙に出ることはだれもが予測できたんだ、と言うんですね、ブルーム博士は」

「彼自身予測できたというんだな、ブルーム博士は？」

「そう言っていました」

「予測はできたが、だれにも言わなかった、というわけだ。なるほど。きみはどう思う、クラリス？」

「さあ、どう言っていいか」

「きみは心理学と法医学をそこそこ学んだはずだな、クラリス。その二つが合流するところで、きみは魚を釣るんだろう？　何か釣れたかい、クラリス？」

「いまのところ、釣果《ちょうか》はほとんどありません」

「きみの学んだ二つの学問に照らすと、バッファロウ・ビルについて何がわかる？」

「文献に照らせば、彼はサディストです」

「現実の人生はあまりにつかみどころがなくて、本などでは定義できんのだよ、クラリス。怒りが肉欲のかたちをとることもあれば、狼瘡《ろうそう》が蕁麻《じんま》疹《しん》のように見えることもある」レクター博士は右手による左手のスケッチを終え、木炭を持ち替えると、こんどは左手で同じように右手をスケッチしはじめた。「きみの言う文献とは、ブルーム博士の著作のことかね？」

「はい」

「じゃあ、その本でわたしのことも調べただろう？」

「ええ」

「どう書かれている、わたしは？」

「掛け値なしの社会病質者《ソシオパス》だと」

「ブルーム博士の見解は常に正しいと思うか？」

「わたしはまだ浅薄な情動に流されたことはありません」

　レクター博士が微笑すると、小さな白い歯が覗いた。「この世の中、どんな部門にもエキスパートがいるものでね、クラリス。チルトンに言わせると、きみの背後の監房にいるサミイは、破瓜《はか》型統合失調症で、もはや治療不可能なのだそうだ。サミイはこの世にバイバイと言っていると考えて、チルトンは彼をミッグズの入っていた監房に入れた。破瓜型統合失調症患者は通例どういう道をたどるか知ってるかい？　心配要らん、彼には聞こえないから」

「治療の最も困難な患者ですね」クラリスは言った。「たいていは末期的な引きこもり状態に陥って、人格が崩壊します」

レクター博士は包肉用紙の束のあいだから何かをとりだして、食事用のトレイに入れた。クラリスはそれを引きだした。

「つい昨日、わたしの夕食と一緒に、サミイがそれを送ってよこしたのさ」

画用紙の切れ端に、クレヨンで何かが書いてあった。

クラリスは目を走らせた。

ジーザのところにいきたい
クリーズと一緒にいきたい
ジーザと一緒にいけるぞ
本当にいい子でいれば
サミイ

クラリスは右の肩越しに背後を振り返った。サミイは頭を鉄格子《てつごうし》にもたせかけ、虚《うつ》ろな顔で監房の壁を背にすわっていた。

「声に出して読んでくれんかな？　彼には聞こえないから」

クラリスは読みはじめた。「イエスのところにいけるぞ、本当にいい子でいれば」キリストのところにいきたい。イエスのところにいきたい。

「だめだ、だめだ。マザーグースの『あつあつの豆のお粥《かゆ》』のように、もっと断定的な調子をこめなければ。拍子は変わっても、声の強さは変わらんようにしなければな」レクターは軽く手を叩《たた》いて、イギリスに伝わる童謡の調子をとった。「お鍋《なべ》の豆のお粥、煮えてからもう九日。こういう風に、強くだ。熱をこめて。ジーザのところにいきたい、クリーズと一緒にいきたい」

「わかりました」クラリスは紙をトレイにもどした。

「いや、わかってないな、ぜんぜん」レクター博士はパッと立ちあがった。その体は突然グロテスクなほどにしなり、小鬼のようにしゃがみこむと、手を打って調子をとりながら、跳ねあがった。声はソナーのように獄内に響いた。「ジーザのところにいきたい――」

そのとき、クラリスの背後で、豹《ひょう》の唸《うな》り声のように卒然と、ホエザルの声より大きく、サミイの声が轟《とどろ》いた。彼は立ちあがって青ざめた顔を鉄格子に押しつけており、体をぐっと突っ張っていて、首筋に腱《けん》が浮き上がっていた。

ジーザのところにいきたい
クリーズと一緒にいきたい
ジーザと一緒にいけるぞ
本当にいい子でいれば

沈黙。自分が立ちあがっていて、折りたたみ式の椅子《いす》が後ろにひっくり返っているのにクラリスは気づいた。書類も膝《ひざ》から床に落ちている。

「楽にしてくれ」再びダンサーのように優雅に背を伸ばしたレクター博士は、すわるようクラリスに促した。自分もゆったりと椅子に腰を降ろし、片手に顎《あご》をのせて口をひらいた。「きみは何もわかってないのだ。サミイはすこぶる信仰心の篤《あつ》い男でね。ただ、イエスの再臨があまりに遅いんで落胆しているのさ。サミイ、あんたがここにいる理由をクラリスに話してもかまわないか？」

サミイは顎をぐっとつかんで、その動きを止めた。

「どうだい、かまわないか？」レクター博士は訊《き》いた。

「あああ」サミイは指のあいだから声を発した。

「サミイはトゥルーンのハイウェイ・バプティスト教会で、自分の母親の首を募金皿にのせたんだ。そのとき会衆は〝自分の最良のものを主に捧《ささ》げよう〟を歌っていて、それが彼の持つ最良のものだったんだな」レクターはクラリスの肩越しに言った。「すまんね、サミイ。何も問題はないからな。テレビを観《み》ているといい」

長身のサミイは床にすわりこみ、先刻のように頭を鉄格子にもたせかけた。テレビの映像がその瞳《ひとみ》の上でうごめいている。よだれと涙が、三本の銀の筋となって顔を伝っていた。

「さて。きみは果たしてサミイの問題に取り組めるかな。それを実地に見せてくれれば、わたしもきみの問題に取り組んでみてもいい。それが条件だ。サミイは聴いてないから気にしなくていい」

クラリスは懸命に頭を絞るしかなかった。「彼の詩の文句ですが、〝イエスのところにいく〟から〝キリストと一緒にいく〟に変わりますね。これは合理的な順序だと思います——いく、到着する、一緒にいく」

「そのとおり。直線的な進行、というやつだな。とりわけ喜ばしいのは、〝ジーザ〟と〝クリーズ〟が同一の存在だということをサミイが心得ていることだ。これは進歩と言っていいだろう。唯一神《ゆいいつしん》が同時に三位一体《さんみ》であるという考えはなかなか理解しがたいからね、とりわけ、自分は何人の人格を有しているのかはっきりしないサミイのような人間にとっては。ブラック・パンサーのリーダーだったエルドリッジ・クリーヴァーは、潤滑油の〝3イン・ワン・オイル〟の比喩《ひゆ》を提示しているが、あれは有益だと思うね」

「サミイは自分の行動と目的とのあいだに表面的な関係を認めています。それは系統だった考え方ですよね」クラリスは言った。「韻の踏み方にしても同じです。感受性は鈍っていません――泣いているんですからね。彼は緊張型統合失調症にまちがいないとお思いですか?」

「ああ。きみは、彼の汗の臭《にお》いがかげるかい? あの山羊《やぎ》のような独特の臭いは、トランス3メチル2ヘキセン酸だ。覚えておくといい、あれが統合失調症の臭いなのさ」

「で、彼は治療可能だとあなたは見ていらっしゃる?」

「とりわけ、彼が混迷期から抜け出そうとしているいまはな。彼の頰はいまなんと輝いていることか!」

「レクター博士、バッファロウ・ビルはサディストではないとお考えになる理由は?」

「なぜなら、これまでの新聞報道によれば、死体の索痕《さくこん》は手首についてはいても足首にはついていないからだ。ウエスト・ヴァージニアで発見された死体は、足首に索痕があったか？」

「いいえ」

「いいかね、クラリス、享楽的《きょうらく》な皮剝ぎ行為は常に犠牲者を逆さに吊《つ》るして行われるものなんだ。そうすると、頭部と胸部の血圧が長く維持される結果、犠牲者は意識を保ちつづけるからね。それは知らなかったかい？」

「はい」

「ワシントンにもどったらナショナル・ギャラリーにいって、ティツィアーノの絵、〝マルシュアースの皮剝ぎ〟を見てくるんだな、あれがチェコスロヴァキアに返還される前に。ディテールが素晴らしいのだ、ティツィアーノは――バケツに水を汲《く》んで手伝っている牧羊神《パン》を見てみるといい」

「レクター博士、わたしたちはいま異常な状況に直面していて、願ってもない好機が到来しているんです」

「だれにとってだね？」

「あなたにとってです、もしこんどの被害者を救出することができれば。マーティン上院議員がテレビで訴えたシーン、ごらんになりましたか？」

「ああ、ニュースで見たよ」

「あのときの訴え、どう思いました？」

「的外れではあるが、害はあるまい。かんばしくない助言を受けているようだな、彼女は」

「かなりの実力者なんです、マーティン上院議員は。意志も強固ですし」

「よし、話を聞こう」

「あなたは並外れた洞察力を持っていらっしゃる。もしあなたが手を貸してくれて、キャサリン・ベイカー・マーティンを生きたまま、無傷でとりもどすことができたら、議員はあなたを連邦施設に移す手助けをしてもいいと言っているんです。もし眺めのいい施設があれば、それを斡旋《あっせん》してもいい、と。そこであなたは、新来患者の精神鑑定書の評価を依頼されるかもしれません――つまり、仕事も与えられるわけですね。警備上の制約は緩和されませんが」

「それは信じられんね、クラリス」

「信じてください」

「そりゃ、きみのことは信じるとも。しかし、まっとうな皮剝ぎの方法以外にも、人間の行動に関してきみがまだ知らないことはたくさんあるんだ。合衆国上院議員の代理人にきみが選ばれたのは変だと思わないか？」

「でも、選んだのはあなたなんですよ、レクター博士。あなたはわたしとしか話さないんですから。こんどはだれか別の人でも指名しますか？　もしかすると、これは自分の手には余るとお考えなのかもしれませんね」

「それは厚かましくも真実から遠い言葉だな、クラリス。このわたしが何らかの見返りを得ることをジャック・クロフォードが座視するとは思えんのだよ、どうしてもな。……まあ、きみが上院議員に伝えてやれることを、一つぐらいは教えてやってもいい。しかし、わたしが動くときの鉄則は代金引き換えでね。きみの個人的な情報と引き換えになら、話してやってもいい。イエスかノーか、どうだい？」

「何を知りたいのか、言ってください」

「イエスかノーか、どっちだ？　キャサリンは救出を待っているんだろう？　砥石《といし》でナイフをとぐ音を聞かされながら？　彼女はきみに何をしてほしいと願っているかな？」

「わたしへの質問をどうぞ」

「きみの子供の頃の最悪の思い出は何だ？」

　クラリスは大きく息を吸い込んだ。

「遅いぞ。きみのお粗末な作り話は聞きたくない」

「父の死です」クラリスは言った。

「話してくれ」

「父は町の保安官でした。ある晩、ドラッグストアの裏口から出てきた、いずれも麻薬中毒者の二人の強盗の不意を、父は衝いたんです。で、ピックアップ・トラックから降りようとしたとき、ポンプアクション式ショットガンのスライドを引き損ねて、逆に撃たれてしまいました」

「スライドを引き損ねた？」

「完全に手前に引けなかったんです。古いタイプのポンプアクション・ガン、レミントン８７０でした。弾丸が銃内部のキャリアに引っかかってしまったんですね。そうなると、弾丸が薬室に送られないので発射できないんです。分解しないと、弾丸もとりだせません。父は降りようとして、スライドをドアにぶつけてしまったんだと思います」

「即死だったのかい？」

「いいえ。父は頑健でした。一ヶ月、保《も》ちました」

「病院に見舞ったのか？」

「レクター博士——ええ」

「入院中の出来事で覚えていることがあったら、話してくれ」

クラリスは目を閉じた。「隣人が見舞いにきてくれました。独身の老婦人で、ウィリアム・カレン・ブライアントの詩『死の瞑想《めいそう》』の終わりの部分を暗誦《あんしょう》してくれました。ほかにかける言葉もなかったんでしょうね。以上です。情報を交換する約束でしたね」

「そうだったな。実に率直に話してくれたね、クラリス。わたしにはわかるんだ。日常の暮らしできみと付き合えたら、さぞ素晴らしいだろう」

「約束を果たしてください」

「ウェスト・ヴァージニアの女性だが、生前、肉体的にかなり魅力的だったと思うかね？」

「とても身ぎれいにしていましたね」

「死者への礼儀はほどほどにしてくれ」

「かなり体重があったと思います」

「大柄だったのかな？」

「ええ」

「で、胸を撃たれた」

「はい」

「胸は薄かったんだろうな」

「体格のわりにはね、ええ」

「しかし、ヒップは大きかった。豊満だったんじゃないか」

「ええ、たしかに」

「ほかには？」

「喉《のど》に、昆虫が意図的に押し込まれていました――この事実はまだ公表されていません」

「蝶《ちょう》だったかい、それは？」

一瞬、クラリスは息を呑《の》んだ。それを気づかれなかったのならいいが、と思いつつ彼女は言った。「蛾《が》だったんです。どうしてわかったのか、教えてください」

「では、クラリス、バッファロウ・ビルがキャサリン・ベイカー・マーティンをとらえた目的を教えてやろう。それできょうはお別れだ。目下の条件では、わたしが言えるのはそれくらいだな。きみがバッファロウ・ビルの意図を議員に伝えれば、彼女はもっと興味深いオファーをしてくるかもしれんね……でなければ、キャサリンが川面に浮かぶまで待って、わたしが正しかったことを覚《さと》ればいいのさ」

「バッファロウ・ビルはどうして彼女が必要なんですか、レクター博士?」

「乳房のついたベストがほしいんだよ、彼は」レクター博士は答えた。

23

キャサリン・ベイカー・マーティンは、地下室の五メートル下に横たわっていた。息をするたびに、心臓が鼓動するたびに、暗闇《くらやみ》が大きく律動した。ときどき、猟師の仕掛け罠《わな》で殺されるキツネの味わうような恐怖が、胸にのしかかる。彼女はときおり考えることもできた。自分は誘拐されたのだ。でも、犯人がだれなのか、わからない。夢を見ているのでないことは、たしかだった。漆黒の闇の中で瞬《まばた》きをすると、それに伴う微《かす》かな音が聞こえるからだ。

意識をとりもどしたときよりはいまのほうが、気持は落ち着いていた。恐ろしい眩暈《めまい》はほとんど消えていて、空気が十分にあることもわかっていた。どっちが上で、どっちが下かもわかっていたし、自分がどういう姿勢をとっているのかも、ほぼ見当がついていた。

いま横たわっているコンクリートの床に肩、腰、膝《ひざ》の裏が押しつけられていて、かなり痛む。そっちの側が下だ。上はごわごわのフトン。目のくらむようなライトを浴びせられているあいだに、そこにもぐりこんだのだ。ずきんずきんという頭の痛みはもうおさまっていて、いまは左手の指先だけがかなり痛い。薬指を骨折しているのはたしかだ。

着ているキルトのジャンプスーツは自分のものではない。これは清潔で、柔軟剤の匂《にお》いがした。床も清潔だったが、ところどころに彼女を虜《とりこ》にした人物が投げ込んだチキンの骨や野菜の切れ端が散らばっている。ほかにはフトンと便器用のプラスティックのバケツしかない。このバケツの把手《とって》には細い紐《ひも》がくくりつけられていたが、キッチンで用いるコットンの紐のような手ざわりで、手の届く限り上方の闇の中に伸びていた。

キャサリン・マーティンは自由に動きまわれた。が、動ける空間が限られていた。いま横たわっている床は楕円《だえん》形で、縦横が約二・五メートルと三メートル。真ん中に小さな排水口がある。蓋《ふた》で覆《おお》われた深い穴の底だった。なめらかなコンクリートの壁は、上にいくにつれてすぼまっている。

上で音がする。いや、あれは自分の心臓の音だろうか？　上の音だ。上からははっきり音が伝わってくる。彼女が閉じ込められている土牢《つちろう》は、キッチンの真下の地下室の一角にあった。キッチンの床を歩く足音、水道の水が流れる音がする。そして、犬がリノリウムを肢《あし》で引っ掻《か》く音。それっきり音が途絶えたと思うと地下室の明かりがつき、上方の跳ね上げ戸があいていて、そこから弱々しい黄色い光が洩《も》れている。次の瞬間、強烈な光が穴を満たした。こんどは彼女はひるむことなく、フトンを膝にかぶせて光と向き合うように起き上がった。絶対に周囲を見てやろうと決意して、目にかざした指の隙間《すきま》からまわりを覗《のぞ》く。目がしだいに慣れてきた。はるか上方から紐で吊るされたランプが揺れるにつれ、彼女の影も周囲で揺れた。

便器のバケツがぐらっと動いて、揺れながら、細い紐で吊り上げられはじめたときには、思わずたじろいだ。バケツはゆっくりと回転しながら、光に向かって上昇してゆく。恐怖を呑み込もうとして息を吸いすぎたものの、なんとか口をひらくことができた。

「うちの家族がお金を払うわ。現金でね。何も訊《き》かずに、すぐ母が払うはずよ。母の電話番号は――あっ！」ふわっとした影が舞い降りてきた。が、ただのタオルだった。

「母の専用の電話番号はね、２０２――」

「体を洗うのよ」

犬に話しかけていた、あの無気味な声だった。

細い紐で吊《つ》るした別のバケツが降りてきた。石鹸《せっけん》を溶かした湯の匂いがした。「それをはずしてね、全身を洗うのよ。さもないと、ホースで水をかけるからね」犬に話しかけながら、声が遠ざかってゆく。「そうよね、ホースだもんね、ダーリン、ええ、ホースでざっとかけてやるんだから！」

地下室の上のフロアの足音と犬の動きまわる音が、キャサリン・マーティンの耳に届いた。最初に明かりがついたときは物が二重に見えたが、いまは普通に、はっきり見える。あの上の蓋まではどれくらいの高さなのだろう？　投光器は丈夫な紐で吊るされているのだろうか？　このジャンプスーツであれを引き寄せたり、タオルで何かをひっかけたりできるだろうか？　いや、何かをしかけるなんて、とても無理だ。周囲の壁はなめらかすぎる。なめらかな管が上にずっと伸びているようなものだ。

上に伸ばした手の先三十センチのコンクリートの裂け目が、目に入る唯一《ゆいいつ》の隙間だった。フトンを思い切りきつく巻いて、タオルで縛る。その上に立って、ふらつきながら裂け目に手をのばした。なんとか指先をそこに突っ込んで体のバランスを保ち、光を見あげた。目を細くすぼめて、まぶしい光の中心を見つめる。光源は笠《かさ》のついた投光器で、穴の中に三十センチ吊り下がったところで止まっている。思い切り伸ばした手の上、およそ三メートル。手の届かない月も同然だ。あの男がもどってくる。フトンがぐらついた。裂け目をつかんで体のバランスを保ってから、飛び降りた。何か、小さな薄片が顔をかすめて下に落ちた。

照明をかすめて何かが降りてくる。ホースだ。氷のように冷たい水が、しゅっとかけられる。脅しだ。

「体を洗うのよ。全身をね」

バケツにはタオルが入っていて、外国製の高価なスキン・クリームのプラスティックの瓶が水に浮いていた。

キャサリンは言われたとおりにした。冷たい空気に触れて腕や太腿《ふともも》が鳥肌立ち、乳首が疼《うず》いてしぼんだ。可能な限り壁に寄り、湯の入ったバケツのそばにしゃがんで体を洗った。

「こんどはね、体をふいて、クリームを全身に塗り込むのよ。体中にね」

クリームはバケツの湯に入っていたので、あたたまっていた。そのしめり気でジャンプスーツが皮膚にへばりついた。

「じゃあ、ゴミを拾ってね、床を洗って」

その命令にもキャサリンは従った。チキンの骨を集めて、エンドウマメを拾う。それをバケツに入れて、コンクリートの床に残った脂《あぶら》のしみをぬぐった。壁際《かべぎわ》の何かに目が止まった。上方の壁の裂け目から落ちた薄片だ。人間の指の爪《つめ》だった。グリッターのマニキュアを施されていて、生爪を剝《は》ぐように剝がされた形跡があった。

バケツが引き上げられた。

「お金なら、母が払うから」キャサリン・マーティンは言った。「無条件で払うから。あなた方みんながお金持ちになれるくらいの額を払うわ。政治的な宣伝が目的ならば、イランや、パレスティナや、黒人解放運動のためなら、そのために母はお金を払うはずよ。だから、あなた方はただ――」

照明が消えた。突然の、漆黒の闇。

紐で吊るされた便器用のバケツがすぐ隣りの床に降りた。思わず身をすくめて、「あああァ!」とキャサリンは叫んだ。フトンに腰を下ろして必死に考えた。いまは確信していた、犯人は一人で、白人のアメリカ人だ。彼が何者で、肌が何色なのか、共犯者がいるのかどうか、自分は何も知らないのだという印象を与えようと、彼女は努力していた。駐車場での記憶も頭を一撃されたショックで一掃されてしまった、と思わせようとしていた。自分を解放しても何の危険もないと、犯人が思ってくれればいいのだが。彼女は頭脳を回転させた。素早く回転させた。そして、とうとう、回転させすぎてしまった。

あの指の爪。あれはだれかがここにいた証拠だ。きっと女性が、若い女性が、ここにいたのだ。そしていまは、どこにいるのだろう？　あの男はその女性に何をしたのだろう？

ショックと現実認識の喪失がなければ、彼女はもっと早く気づいていただろう。実際にはあの男から与えられたスキン・クリームが気づくきっかけになったのだった。スキン。皮。あの男がだれか、そのとき覚った。その瞬間、脳天を焼き尽くす、たぎり立つような恐怖に襲われて、悲鳴をあげた。フトンの下で絶叫し、立ちあがって宙をかきむしった。壁に爪を立てて叫ぶうちにむせ返って、何か温かい、しょっぱいものが口中にこみあげてきた。両手を顔にあてた。べとついたものが手の甲で乾く頃、体を硬直させてフトンに横たわり、腰を弓なりに宙に反らした。髪をかきむしった両手がきつく握りしめられた。

24

クラリス・スターリングの二十五セント貨が、粗末な用務員用休憩室の電話のスロットにカタンと落ちた。電話をかけた先は監視用ヴァンだった。

「クロフォードだ」

「いま、最高度警備棟の前の公衆電話です」クラリスは言った。「レクター博士は、ウェスト・ヴァージニアの女性の喉につまっていた昆虫は蝶か、と訊きました。それ以上のことは言わないのです。バッファロウ・ビルがキャサリン・マーティンを必要としている理由については、そのまま引用しますと、〝乳房のついたベストがほしいんだよ、彼は〟ということです。レクター博士は取引きをしたがっています。上院議員から、〝もっと興味深い〟オファーが提示されることを望んでいます」

「そこで話を打ち切ったのかい、彼は？」

「はい」

「こんど話したがるのはいつ頃だと思う？」

「今後数日間はいまのままでいこうとしているんじゃないでしょうか。でも、わたしは、議員から緊急のオファーを提示してもらえるなら、いますぐにでも彼にぶつけてみたいですね」

「まさしく緊急だな、事態は。ウェスト・ヴァージニアの女性の身許《みもと》が割れたんだよ、スターリング。三十分ほど前、デトロイトから届いた失踪《しっそう》人の指紋カードが、身元確認課でみごと的中したんだ。キンバリー・ジェイン・エンバーグ、二十二歳、二月七日以来デトロイトで行方不明。目下、彼女の自宅の近辺をしらみつぶしに当たって目撃者を探しているところだ。シャーロッツヴィルの検視官の判断では、彼女が死亡したのは遅くとも二月十一日、おそらくはその前日、二月十日だろう、ということだ」

「ビルは三日しか生かしておかなかった、ということですね」

「生かしておく期間はどんどん短くなっている。意外に思う者はいないだろう」クロフォードの声は冷静だった。「キャサリン・マーティンを虜にしてからは、約二十六時間たっている。もしレクターが犯人を名指せるなら、きみと次に語り合う際にそれを明かしたほうが彼の身のためだな。わたしはボルティモア支局で指揮をとっている。ヴァンがきみをつないでくれたんだ。あとで仮眠の必要が生じた場合に備えて、病院から二ブロック離れたハワード・ジョンソン・チェーンのホテルに部屋を用意してあるから」

「彼は疑っているんです、課長。あなたが好条件を出すはずがないと思っているんですよ。バッファロウ・ビルに関して洩らしたことにしても、わたしの個人的な情報と引き換えだったんですから。彼がわたしに訊いたことと、こんどの事件とのあいだに、本質的な関連性があるとは思いませんが……彼がどんな質問をしたか、お知りになりたいですか？」

「いや」

「だからあなたは、わたしに盗聴マイクを装着させなかったんですね？　そのほうがわたしにとっても気楽だとお考えになったんでしょう、他のだれにも傍受されないとわかっていれば、彼の喜びそうなことを何でも話せるだろう、と」

「こういう可能性もあるだろう──きみの判断力をわたしが全面的に信頼しているからだ、としたらどうだい、スターリング？　きみはわたしの最良の武器であり、後でどうこうきみを批判するような連中を、わたしは最初から排除しておきたかったんだとしたら？　その場合でもわたしはきみに、盗聴マイクを装着させるだろうか？」

「いいえ、させないでしょうね」あなたは部下の操縦に長《た》けてることで有名ですものね、ザリガニ《クロウフィッシュ》課長。「で、レクター博士にはどんな条件を提示できるんでしょう?」

「いくつか、きみに伝えようとしているところなんだ。五分後にはそっちに届くはずだよ、最初にひと休みしたいのなら別だが」

「いいえ、いまやりたいですね。使いの人たちに、アロンゾをつかまえるように言ってください。で、わたしは第八区の前の通路で待っているからと、アロンゾに伝えてください」

「五分だからね」クロフォードは言った。

クラリスは、地下深くにある粗末な休憩室のリノリウムの床を行きつ戻りつした。彼女だけが、その部屋で唯一明るい存在だった。

人が何かに備えて心の準備をするとき、野原や砂利敷きの歩道が舞台になることはめったにない。たいていは時間的な余裕もなく、窓のない部屋や、病院の廊下や、この休憩室のように、ひび割れたビニール張りのソファやチンザノの灰皿が置かれていて裸のコンクリートの壁を短いカーテンが覆っているような、そんな部屋が舞台になるのだ。こういう部屋で、時間を限られながら、人はとるべき行動を考え、〈運命〉に直面して心が臆《おく》したときも遂行できるように、その手順を頭に叩《たた》き込む。クラリスは、もうその心がまえができる年齢になっていた。しょぼくれた部屋の雰囲気に圧倒されることはなかった。

クラリスはなおも行きつ戻りつした。宙に向かって手を振りあげた。「頑張るのよ、あなた」声に出して言った。キャサリン・マーティンに対して、自分自身に対して、呼びかけた。「こんな部屋がなによ。こんな、ろくでもない部屋になんか負けるもんか」声に出して言った。「あなたがどこに閉じ込められていようと、負けるはずはないんだから。だれか手を貸して。手を貸して。手を貸して」一瞬、亡《な》き両親のことを思った。いまの自分を見たら、二人は恥ずかしがるだろうか――これはただの問いかけだ、条件つきの質問でも、修辞的な質問でもない――ごく普通の問いかけだ。答えは、ノー、だった。二人はいまの自分を恥ずかしがったりはしない。

クラリスは顔を洗って、廊下に出ていった。

用務員のアロンゾが通路にいた。クロフォードから届いた、密封された包みを手にしていた。そこには地図と、指示条項を記した紙が入っていた。通路の明かりで素早く目を通すと、クラリスはバーニーに入れてもらうボタンを押した。

25

レクター博士はテーブルについて、郵便物を調べていた。彼に見られていないときのほうが監房に近づきやすいことに、クラリスは気づいた。

「博士」

彼は指を一本立てて、黙って、と命じた。郵便物を読み終えると、六本指のある手の親指を顎《あご》の下に、人差し指を鼻のわきに添えて考えに沈んだ。「きみなら、これをどう思う?」食事を運ぶトレイに書類を入れて、訊《き》いた。

合衆国特許局からの書簡だった。

「わたしの出願した十字架時計に関する返事なんだ」レクター博士は言った。「特許は与えられないが、文字盤の意匠登録をしたらどうか、と言ってきた。これを見てくれ」ディナー・ナプキンのサイズの絵をトレイに入れる。クラリスはそれを引き出した。「すでに気づいているかもしれないが、キリストの磔《たっ》刑《けい》図では、両手が、そうだな、二時四十五分か、早くても一時五十分をさし、両足が六時をさしているものが大部分だ。この文字盤では、見ればわかるように、イエスが十字架にかかっているんだが、両腕が回転して時刻を示すようになっている、流行《はや》りのディズニー時計と同じさ。両足は六時で固定されていて、小さな秒針が上部の光輪の中で回転するんだ。どう思う？」

解剖学的素描はとてもよくできている。頭の部分はクラリスの顔だった。

「これが腕時計のサイズに縮小されると、かなりのディテールが失われてしまいますね」クラリスは言った。

「残念ながら、そのとおりだ。しかし、置時計のサイズならどうだろう。これなら特許なしでもいけると思うかね？」

「その場合は、クオーツ時計のムーヴメントを買うことになるんじゃないでしょうか——そうなりますよね？——あれはもう特許がとられているはずですし。断言はできませんけれど、特許は独創的な機械装置に適用され、意匠登録はデザインに適用されるんだと思います」

「しかし、きみは弁護士ではあるまい？　ＦＢＩでは、もう弁護士は必要とされないんじゃなかったかな」

「提案があるんですが」クラリスは言って、ブリーフケースをひらいた。

そこへバーニーがやってきたため、クラリスはブリーフケースを閉じた。バーニーの底知れぬ沈着さが、彼女は羨《うらや》ましかった。目を見れば麻薬には無縁なことがわかるし、その奥には深い知性がひそんでいた。

「失礼ですが」バーニーは言った。「書類をたくさん扱うのであれば、クローゼットに、精神分析医が使う、片側にテーブルのついた椅子《いす》がありますがね。学校で使用されるタイプですが。使いますか？」

学校のイメージ。得策か、否《いな》か？

「いま、お話しできるでしょうか、レクター博士？」

博士は掌《てのひら》を外に向けて手をあげた。

「ええ、使うわ、バーニー。ありがとう」

椅子に腰かける。バーニーはかなり遠くに去った。

「実はレクター博士、上院議員からとびきりのオファーが出たんです」

「とびきりかどうかは、わたしが決める。もう彼女と話したのかい？」

「ええ。議員はまったく出し惜しみをしていません。これが彼女の提示できるすべてです。したがって、駆け引きは問題外です。これがオファー、オファーのすべて、ワン・オファーです」クラリスはブリーフケースから顔をあげた。

人を九人殺害した男、レクター博士は、鼻の下に指先を合わせて、じっとこちらを見守っていた。その目の奥には果てしない闇《やみ》があった。

「もしあなたが、キャサリン・マーティンの無事救出につながるよう、バッファロウ・ビルの発見に手を貸してくれたら、次のようなものが与えられます――ニューヨークのオナイダ・パークにある復員軍人庁病院への移送。その監房からは周囲の森が見渡せます。最高度警戒措置は依然適用されます。そこであなたは、連邦刑務所の囚人の、書類による心理テストの評価に手を貸すよう求められるでしょう。その囚人たちはあなたと同じ施設の囚人とは限りません。評価は名前を隠して行われるので、あなたの素性はわかりません。書籍はほぼ過不足なく入手できるはずです」そこで顔をあげた。

沈黙は嘲笑《ちようしよう》ともなりうる。

「最高なのは、とびきり素晴らしいのは、年に一週間、あなたは病院を離れてここにいけることです」食事を運ぶトレイに地図を入れた。レクター博士はそれを引き寄せなかった。

「プラム・アイランドです」クラリスはつづけた。「その一週間、毎日午後にあなたはビーチを散歩したり、海で泳いだりできます。監視班が近づけるのは七十メートルまでで、SWATチームがあたります。以上なんですが」

「もし断ったら?」

「窓には短いカーテンをたらしてもいいでしょうね。役立つかもしれません。あなたを脅して何かをさせるような方策は、こちらには一つもないのです、レクター博士。これは、あなたに日の目を見てもらう方法なんですが」

クラリスは目を伏せていた。いまは真っ向から彼と視線を切り結びたくはない。これは雌雄を決する対決ではないのだ。

「もし助かったら、キャサリン・マーティンはここにきて、体験を語ってくれるかな——犯人に関することだけでいいんだが——わたしが論文を公開する気になったら?わたしだけに、特別に語ってくれるだろうか?」

「ええ。それはもう決定ずみと考えてけっこうです」

「どうしてわかるんだ?　だれが決定したんだ?」

「わたしがこの手で、ここにつれてきますから」

「もし彼女が同意したら、だろう」

「それはもちろん、最初に彼女の意志を確かめる必要がありますけれど。そうでしょう？」

レクター博士はトレイを引き寄せた。「プラム・アイランドか」

「ロングアイランドの端の先を見てください。北東に小さな島がありますよね」

「プラム・アイランドだな。〝プラム・アイランド家畜病センター（連邦口蹄疫《こうていえき》研究所）〟とあるぞ。どうして魅力的じゃないか」

「それは島の一部にすぎないんです。素敵なビーチがありますし、宿泊施設だって整っていますから。春にはアジサシが巣をつくるんですよ」

「アジサシか」レクター博士は吐息をついた。頭をわずかにかしげ、赤い舌の尖《さき》で赤い唇の真ん中を舐《な》めてから、つづけた。「この問題を論議するのなら、クラリス、分割払いにしてもらわんとな。等価交換だ。わたしが何か話したら、きみも何か話してくれんとね」

「けっこうです、どうぞ」クラリスは言った。

まる一分彼女を待たせてから、レクターは言った。「蝶《ちょう》や蛾《が》の幼虫は、繭《まゆ》の中でサナギになる。それはやがて美しいイメイゴとなって、秘密の更衣室の中から姿を現すのだ。イメイゴとは何か、知ってるかい、クラリス？」

「翅《はね》を持った昆虫の成虫ですよね」

「それ以外の意味は？」

クラリスは首を振った。

「それは、精神分析という死せる宗教で使われていた用語でもあるのだよ。イメイゴとは、幼児期の潜在意識に埋め込まれ、幼児期の情動と堅く結びついた両親のイメージなのだ。この言葉自体は、古代ローマ人が葬列で持ち歩いた、蠟《ろう》づくりの祖先の胸像に由来している……あの鈍感なクロフォードでも、昆虫のサナギに秘められた重要性には気づくにちがいない」

「昆虫学会誌の定期購読者リストを、記述子インデックス中の過去の性犯罪者リストと照合することを除いて、緊急措置はとっていませんが」

「まず最初に〝バッファロウ・ビル〟という呼称を忘れよう。誤解を招く言葉だし、きみたちが探している人物とは何の関係もないからね。便宜上、彼のことは〝ビリー〟と呼ぶことにしようか。では、わたしの考えの概要を話すことにする。いいかね？」

「はい」

「サナギの暗示している重要性は、変化だ。毛虫が、蝶や蛾に変身する。自分も変身したいと、ビリーは考えている。それで、本物の女性を材料に、婦人服をつくっている。だから、大柄な女性ばかり狙《ねら》われるんだ——体にぴったり合う服が必要なんでね。犠牲者の数を考えると、彼はそれを一連の脱皮と見なしているのかもしれんね。その作業を二階建ての家で行っているわけだが、なぜ二階建てなのか、わかったかね？」

「しばらくのあいだ、彼女たちを階段に吊《つ》るしていたんですね」

「そのとおり」

「レクター博士、わたしのこれまでの観察では、性転換願望と暴力のあいだに相関関係はないように思うのですが——性転換者は概して受動的なタイプです」

「そのとおりだよ、クラリス。彼らのあいだにはときに、中毒的な手術願望傾向が見られる——単なる化粧術では、性転換願望者たちを満足させることはできんのだ——しかしまあ、その程度のことであってね。ビリーは真の性転換願望者とはちがう。きみはかなり接近しているんだぞ、クラリス、彼を捕らえる方策に。それに気づいているかな？」

「いいえ、レクター博士」

「よろしい。では、きみの父親の死後、きみの身に起きたことを話してもらえるだろうな」

クラリスはテーブルの傷だらけの表面を見つめた。

「答えはきみの書類に書かれているわけではあるまい、クラリス」

「父の死後、二年以上、母が一家を支えてくれました」

「何をして？」

「昼間はモーテルのメイド、夜はカフェの調理人をして」

「それから？」

「わたしは、モンタナに住む母のいとこ夫婦の家に移りました」

「きみだけか？」

「わたしがいちばん年上でしたから」

「町はきみたち一家のために何もしてくれなかったのかね？」

「五百ドルの小切手をくれました」

「何の保険もかけられていなかったのは、奇妙だな。クラリス、きみの話だと、お父さんはショットガンのスライドをピックアップ・トラックのドアにぶつけたそうだが」

「そうです」

「パトカーはなかったのかい？」

「はい」

「事件は夜に起きた」

「そうです」

「拳銃《けんじゅう》は携帯していなかったのかね、お父さんは？」

「はい」

「クラリス、彼は夜の勤務をピックアップ・トラックでこなしていて、ショットガンしか携帯していなかった……ひょっとして彼は携帯用のタイム・レコーダーをベルトに吊るしていなかったかな？　町の随所にある柱に鍵《かぎ》が取り付けてあって、そこに車で乗りつけては鍵をレコーダーに差し込む、というやつだが。それによって町役場のお偉方たちは、携帯者が勤務中に居眠りをしなかったかどうか知るわけだ。彼はそのレコーダーを装着していたかどうか教えてくれ、クラリス」

「装着していました」

「とすると、彼は夜警だったんだな、クラリス、保安官ではなくて。嘘《うそ》をついてもわかるぞ」

「正確な職名は、夜間勤務警官、でした」

「で、どうなったんだい？」

「何がですか？」

「タイムレコーダーさ。きみのお父さんが撃たれてから、どうなった？」

「覚えていません」

「もし思いだしたら、教えてくれるかい？」

「はい。あ、ちょっと待って——町長が病院にやってきて、レコーダーとバッジを返却するよう母に言いました」自分がそれを知っていることを、クラリスは忘れていた。俗っぽいスーツを着て海軍払い下げの靴をはいていた、あの町長。あの最低なやつ。

「こんどはそちらの番です、レクター博士」

「いまのは自分でこしらえた話だと、一瞬でも思ったかね？　いや、それはないな。もしこしらえた話なら、あんな苦々しい口調にはならなかったはずだ。性転換願望者の話をしていたんだったな。暴力と異常な破壊行動は、統計的に言って、性転換願望者と相関関係にはない、ときみは言った。そのとおりだ。きみは覚えているかな、怒りが欲情の形をとったり、狼瘡《ろうそう》が蕁麻疹《じんましん》の症状を示すことがある、といったような話をしたのを？　ビリーは真の性転換願望者ではないんだ、クラリス、しかし、自分ではそうだと思っていて、そうであろうと努めている。彼はいろいろなものになろうとしているのだと思うね」

「それが彼をつかまえる方策に導いてくれる、と言われましたね」

「性転換手術を行う主要な病院は三つある。ジョンズ・ホプキンズ大学、ミネソタ大学、それとコロンバス・メディカル・センターだ。ビリーがこの三つの病院すべて、もしくはそのうちの一つに手術の申し込みをして、すべて断られていたとしても、わたしは驚かんね」

「彼の申し込みを断る根拠は何なんでしょう、そこからどういう事実が浮上してくるんでしょうか？」

「きみは頭の回転が実に速いな、クラリス。第一の理由は前科だろう。それで申込者は失格する。ただし、その犯罪が軽微なもので、性同一性障害に関わるものであった場合は別だがね。公共の場で異性の服装をしたりとか、そういう場合さ。仮に彼が重大な前科を隠しおおせたとしても、人格テストで引っかかるはずだ」

「どうやってですか？」

「彼らをふるいにかけるには、そのノウハウを心得ていなければならんね？」

「はい」

「ブルーム博士に訊《き》いてみたらどうだ？」

「いえ、あなたにうかがいたいんです」

「きみはこの企てからどんな報酬を得るんだ、クラリス、昇進と昇給かい？　きみのいまの職階はどのへんなのだ、G－9くらいか？　当節、G－9程度だとどれくらいの給料をもらっているんだ？」

「せいぜい、玄関の鍵代くらいですね。で、人格テストにかかると、どうして彼は引っかかるんでしょう？」

「モンタナの暮らしはどうだったい、クラリス？」

「いいところでしたよ、モンタナは」

「母親のいとこの亭主はどうだった？」

「ちがう世界の人でした」

「夫婦仲はどうだった？」

「仕事で疲れ切っていましたね、二人とも」

「他に子供はいたのか？」

「いいえ」

「どういうところに住んでいたんだ？」

「牧場に」

「羊の牧場かね？」

「羊と馬です」

「その牧場にどれくらいいたんだ？」

「七ヶ月です」

「きみはいくつだった？」

「十歳です」

「そこから、どこに移ったんだね？」

「ボーズマンにあったルーテル派の孤児院です」

「真実を話してくれ」

「真実を話しています」

「きみは真実の周囲を跳ねまわっている。もし疲れているのなら、週末にあらためて話し合ってもいいんだ。わたしはすこしばかり退屈していてね。それとも、いま話し合ったほうがいいかい？」

「いま、お話しさせてください、レクター博士」

「わかった。一人の少女が母親の元からモンタナの牧場に送られる。そこは羊と馬の牧場だ。母親を恋しがる一方、動物たちとの暮らしにも心躍って……」レクター博士は両手を広げて、クラリスに先を促した。

「素晴らしい経験でした。わたしは、先住民の絨毯《じゅうたん》の敷かれた、自分の部屋を与えられましたし。馬にも乗せてもらえたんです――わたしが馬にまたがると、その馬を引きまわしてくれるんですね――その馬、目がよく見えなくて。そこにいた馬はみんな、どこかしら悪いところがあったようです。脚が悪いか、さもなきゃ病気にかかってて。何頭かは子供たちと一緒に育ったんですね。朝になって、わたしがスクールバスに乗ろうと出ていくと、こっちを向いていななくんですよ」

「それなのに？」

「納屋《なや》で妙なものを見つけました。納屋の中に小さな馬具室があって。最初、それは古いヘルメットかなと思ったんです。下におろしてみたら、〝W・W・グリーナーズ・無痛殺馬器〟という刻印がしてありました。ベルの形をした金属製の帽子のようなもので、てっぺんに、装弾する箇所がありました。三二口径の弾丸用に見えました」

「その牧場では処分用の馬を預かってたのかい、クラリス？」

「はい、預かっていました」

「その牧場で、そういう馬を殺したのか？」

「膠《にかわ》や肥料用の馬は殺しました。死んだ馬は六頭までトラックに積み込めるんです。ドッグ・フード用の馬は生きたまま引っ張ってつれていきましたけど」

「きみが乗りまわしていた馬は？」

「一緒に逃げ出したんです、わたし、その馬と」

「どのくらい遠くまで？」

「ここまで話したんですから、こんどはあなたが、ビリーをふるいにかけた診断法の分析をしてくださらないと」

「男性の性転換手術請願者をテストする方法は、知ってるかい？」

「いいえ」

「三つの病院のどれかの様式のコピーを持ってきてくれると助かるんだが、とにかくはじめるとしようか。診断法には通例、こういうものが含まれるんだ――ウェクスラー式成人知能テスト、家屋《H》・樹木《T》・人物《P》－心理テスト、ロールシャッハ・テスト、自己概念の素描、主題統覚テスト、それにもちろん、ミネソタ多面人格テストと、他に二、三のテストが含まれる――ニューヨーク大学が開発したジェンキンズ活動性調査も入るだろう。きみがほしがっているのは手早く結論の引き出せる材料だな？　そうだろう、クラリス？」

「ええ、早く結論を読みとれるもの、それに尽きますね」

「それではと……われわれは真の性転換願望者とは異なるテスト結果を出す男性を捜

していると仮定しよう。よし――まず、家屋・樹木・人物－心理テストでは、女性の姿を最初に描かなかった被験者を捜すんだ。というのも、真の性転換願望者の男性は、必ずと言っていいくらい最初に女性の姿を描き、しかも、描いた女性の服装に並々ならぬ注意を払う。それとは対照的に、彼らの描く男性の姿はまったくおざなりだ――ボディビルのミスター・アメリカを描くときは例外と言っていいが――それ以外の場合はほとんど熱意をこめないのさ。

次いで家屋の絵だが、ここではバラのような未来を象徴する装飾が一切描かれていない絵を描いた被験者に注目すればいい――家の前に乳母車もなく、カーテンもなく、庭に花もない、そういう絵を描いた人物をね。

真の性転換願望者の描く樹木は二種類ある――青々と葉の繁《しげ》った枝が重たそうにしなっている柳と、片や、去勢をシンボライズした木だ。絵の端や紙の端で一部切り落とされている木、去勢を象徴する木は、真の性転換願望者の絵では生命力にあふれている。花が咲き乱れ、実がたわわになっている切り株などがそうだ。それは重要な目印でね。それとまったく対照的なのが、精神障害の人々の描く、どこか怯《おび》えたような感じの、生気のない、切り刻まれた木の絵さ。それが格好の着目点だな――ビリーの描く木はどこかいじけているに相違ない。すこし速すぎるかな、論証の仕方が？」

「いいえ、レクター博士」

「それから、真の性転換願望者が自分を描く際は、裸体仕立てにすることはめったにない。といって、主題統覚テストの絵に、裸まじりの妄想様観念がある程度現れているからといって、描き手は真の性転換願望者ではない、と即断してはいけない——頻繁に女装をする性転換願望者に、それはよく見られる傾向だからね。彼らには警察当局と悶着《もんちゃく》を起こした経験を有するものが多い。さて、以上述べたことを要約してみようかな？」

「はい、ぜひ要約を」

「先にあげた三つの性転換手術病院のすべてから手術を拒絶された人間のリストを、ぜひ入手することだ。そしてまず、前科の故《ゆえ》に拒絶された者をチェックする——中でも、強盗犯に厳しい目を向けること。前科を隠蔽《いんぺい》しようとした連中の場合は、少年時代に暴力関連の不祥事を働いた者に着目すること。少年院に送られた経験を持つ者などは、特に要注意だな。第二段階として、各種テストの結果から真の性転換願望者ではないと判定された者に注目する。中でも、三十五歳以下の、大柄な白人男性にね。ビリーは真の性転換願望者ではないんだ、クラリス。自分でそう思っているだけで。彼は当惑しており、自分に助けの手を差し伸べる人間がいないので憤慨している。いま言えるのはそれぐらいかな。これ以上は事件の調書を読んでみないとな。調書は置いていってくれるんだろうね」

「はい」

「それに、写真も」

「調書に含まれています」

「それでは、すぐにも行動を起こすことだな、クラリス、これまでにわかったことを生かして。そこで、どういう結果が得られるか、だ」

「ぜひ知りたいんですが、あなたはどうして——」

「いかん。そう性急になってはいかん。さもないと、次の話し合いは来週になる。何か進展があったら、またきたまえ。進展がない場合でもいい。それから、クラリス?」

「はい」

「次回に話してほしいことが二つある。きみと一緒に逃げた馬がどうなったか、が一つ。もう一つ知りたいのは……きみは怒りをいかにしてコントロールするのか?」

アロンゾが迎えにきた。クラリスはメモ帳を胸に抱き、すべてを頭に刻みつけようと努めつつ、うつむき加減に歩いた。早く外の空気を吸いたくて、小走りに病院から出る際も、チルトンの部屋のほうはちらとも見なかった。チルトン院長の部屋の明かりはまだついていた。ドアの下から洩《も》れる光が、それを物語っていた。

26

ボルティモアの錆《さ》び色《いろ》の黎明《れいめい》のはるか下、最高度警戒棟で人がうごめきはじめる。暗くなることが決してないその棟では、海水を失った樽《たる》の中の牡蠣《かき》のように、苦悶する者が一日の始まりを察知する。泣き尽くして寝入った神の被造物が、また泣きはじめようと身じろぎし、わめき散らす者が咳払《せきばら》いをする。

ハンニバル・レクター博士は、通路の突き当たりの壁から顔を三十センチ離し、背筋を突っ張らせて立っていた。彼はさながらグランドファーザー時計のように、引っ越し用の、高い持ち手のついたカートに丈夫なキャンヴァスの紐《ひも》でくくりつけられていた。拘束服を着た上から縛られていて、足枷《あしかせ》もはめられていた。嚙《か》みつくのを不可能にするため、顔にはホッケー・マスクをかぶせられている。それはマウスピース同様の効果を持つうえ、唾液《だえき》で濡《ぬ》れることがないため用務員も扱いやすいのだ。

レクター博士の背後では、小柄な猫背の用務員がモップで監房の床を掃除している。

週に三度の清掃の監督役はバーニーがつとめており、彼は同時に、不正に持ち込まれた物の捜索にもあたる。小柄な掃除役はレクター博士の監房を気味悪がって、仕事を急ぎやすい。バーニーが背後で仕事ぶりをチェックする。彼はすべてに目を光らせて、何ひとつ見落とさない。

レクター博士の取り扱いを監督できるのはバーニーしかいない。自分の監視している人物の特異性を、彼は肝に銘じているからだ。彼の二人の助手は、アイスホッケーのハイライト・シーンの録画をテレビで見ている。

レクター博士は楽しんでいた——彼が脳中に蓄えている財産は膨大で、それを使えば何年間もつづけて楽しむことができるのだ。ミルトンの思考が物理学に制約されていないのと同様、彼の思考も恐怖や思いやりには制約されない。その脳中において、彼はあらゆる束縛から解き放たれていた。

彼の内的世界は強烈な色彩と匂《にお》いに満たされていたが、音は乏しかった。事実、いまも彼は多少神経を緊張させないと死んだベンジャミン・ラスペイルの声を聞くことができなかった。レクター博士は、どうすればクラリス・スターリングの目をジェイム・ガムに向けさせられるか、思考をめぐらせていた。その点で、ラスペイルのことを思いだすのは有益だった。あの太ったフルート奏者はいま、その人生の最後の日に、レクターの診療用の長椅子《ながいす》に横たわって、ジェイム・ガムのことをレクターに語っている——。

「ジェイムはサンフランシスコの安宿に住んでいたんだが、その部屋ときたらおぞましい限りでね、茄子色《なすいろ》の壁に、ヒッピー時代の遺物のサイケデリックな絵が、蛍光塗料であちこちに描きなぐられているんだ。ボロボロだったね、何もかもが。

ああ、ジェイムだよ——彼の出生証明書に実際にJameと綴《つづ》られていて、彼もそう名のったんだ。発音する際は、〝ネイム〟のように言わなきゃならない。さもなきゃ彼は激怒するんだよ。たとえ病院側の手違いでそういう綴りになったんだとしても——当時ですら病院は名前も正確に綴れないようなお粗末な連中を雇っていたんだな。いまはもっとひどいがね、入院するのも命がけなんだから。それはともかく、あのおぞましい部屋で、ジェイムはベッドに腰かけて頭を抱えていた。あいつは骨董《こっとう》店を首になって、また悪癖をくり返してしまったんだ。

そういう態度にはもう我慢ならない、とわたしは言ってやった。もちろん、あれはクラウスがわたしの人生に入り込んできたばかりの頃でね。ジェイムは本物のゲイではないいんだよ。服役中に染まった悪習のようなものさ。実際、彼は何者でもないんだ。自分でなんとか埋めたがっている完璧《かんぺき》な無のようなものかな。そして彼は四六時中、腹をたてていたな。彼が入ってくると、きまって部屋がすこし虚《うつ》ろになったような気がするのさ。なにしろあいつは十二歳のときに祖父母を殺しているんだからね。それほどむら気な人間だったら、多少の存在感はあるはずだと思うだろう？

その彼が、職を失って、どこかの不運なホームレスにまた悪さをしでかしたんだ。さすがにわたしは愛想をつかしたよ。彼は郵便局に寄って、前の雇い主宛《あて》の郵便物を持ち帰っていたんだな、何か金目のものが入っているかもしれないと思って。それから、マレーシアやその近辺の場所から送られてきた小包もあった。ジェイムが胸をわくわくさせてひらいてみると、死んだ蝶《ちょう》が、ばらで、どっさりつまったスーツケースが入っていたんだ。

彼の雇い主はあの辺の島々の郵便局長に金を送っていた。すると、死んだ蝶の入った箱がいくつも送られてきたらしい。雇い主はそれをアクリル樹脂のルーサイトに埋め込んで、悪趣味きわまりない装飾品に仕立てていた――しかも彼は厚顔にも、それをオブジェと称していたんだからね。ジェイムにとって蝶は何の価値もないから、彼は下のほうに宝石でもあるかもしれないと思い――ときどきバリから腕輪が送られてきていた――底のほうをさぐった。でも、指先に蝶の鱗粉《りんぷん》がついただけで、何もなかった。ジェイムはベッドに腰を下ろして頭を抱えたらしいよ。手と顔が蝶の色に染まって、あいつはどん底に落ち込んでいた。だれしもが経験するようにな。そしてあいつは泣いていたんだ。すると、何か小さな音が聞こえた。ひらいたスーツケースに一匹の蝶がいたんだよ。そいつは死んだ蝶と一緒に放り込まれていた繭《まゆ》からもぞもぞと抜け出そうとしていて、とうとう外に出たんだな。空中には蝶の鱗粉が浮かんでいて、窓から差し込む陽光の中にも鱗粉が舞っていた――ヤクでラリッたやつがその光景を語ると、実に鮮烈なんだね。その蝶が翅《はね》を広げるさまを、ジェイムはじっと見ていた。大きい蝶だったらしい。緑色のね。彼が窓をあけると、蝶は飛び去った。そのとき彼は実にかろやかな気分になって、何をすべきか覚《さと》ったんだそうだ。

ジェイムは、わたしがクラウスと使っていた小さなビーチ・ハウスを見つけてね。わたしが楽団のリハーサルを終えてもどってくると、あいつがいたんだ。でも、クラウスの姿がなかった。クラウスがいなかった。クラウスはどこだ、と訊《き》くと、泳ぎにいったぜ、と言う。嘘《うそ》だとわかった。クラウスは絶対に泳がないからだ。太平洋は波が荒いんでね。それから冷蔵庫をあけたとき、何が目に入ったか、わかるだろう。オレンジジュースの背後から、クラウスの首がこっちを見ていたのさ。ジェイムはクラウスを素材にしてエプロンも作っていてね。それを身につけて、気に入ったかい、と訊く。わたしがジェイムのような男と付き合ったと知って、あんたは呆《あき》れているだろうね――あんたと会ったときの彼は、もっと情緒不安定だったんだ。あんたがいっこうに彼を恐がらないのを見て、仰天したんだろうと思うね」

そして、ラスペイルが最後に発した言葉――「どうしてわたしの両親は、わたしが二人を騙《だま》す年頃にならないうちにわたしを殺さなかったのか、不思議だね」

短剣の細い柄がわなわなと震え、突き刺されたラスペイルの心臓はなおも拍動しつづけようとした。レクター博士は言ったのだった。「蟻《あり》地獄の穴に落ちた藁《わら》のようだな？」だが、ラスペイルにはもう答えられなかった。

レクター博士は一言一句、それにもっとたくさんのことを思いだすことができた。監房を掃除されているあいだは、楽しいことを考えて時間をつぶした。

クラリス・スターリングは洞察力に長《た》けている、と博士は思った。これまでに与えた材料からジェイム・ガムをとらえる見込みもなくはないが、確率は低い。手遅れにならないうちに彼をつかまえるには、もうすこし具体的な手がかりが必要だろう。事件の詳しい経緯を読めばヒントはおのずと浮かび上がってくるのではないか、という気が博士はした——それは、ガムが祖父母の殺害後に収容された少年院で受けた職業訓練と関連していよう。いずれにせよ、あすにはジェイム・ガムにたどり着くヒントを彼女に与えよう。それはジャック・クロフォードですら認めずにいられないくらい明瞭《めいりょう》なものにしたほうがいい。明日にはそこまで進めたほうがよかろう。

背後で足音がするのをレクター博士の耳はとらえた。テレビが消され、カートが背後に傾くのがわかった。これから、監房内で彼の束縛を解くための長い、退屈な作業が開始されるのだ。手順はいつも同じだった。最初にバーニーとその助手たちが博士をそっと、うつ伏せに、寝台に横たわらせる。次いでバーニーが寝台の足元の鉄棒に、博士の足首をタオルでくくりつける。その上で足枷をとりはずし、メイスと暴動鎮圧用警棒で武装した二人の助手に掩護《えんご》されながら拘束服の背後のバックルをはずすと、後ずさりで監房から出る。それからネットの錠をかけて鉄格子《てつごうし》の扉を閉める。あとはレクター博士が自分で拘束服を脱ぐのに任せるのだ。博士は脱いだ拘束服と引き換えに朝食を受けとる。この手順はレクター博士が看護師に重傷を負わせて以来実行に移され、だれもがその効果的な段どりに満足している。

きょうは、その手順に変更が生じた。

27

レクター博士をのせたカートは、ゴトンと揺れて監房の敷居を乗り越えた。房内の寝台にはチルトン院長が腰かけて、レクター博士宛の私信に目を通していた。チルトンはノー・ネクタイで、上着も脱いでいた。首にメダルのようなものをかけているのが、レクター博士の目に映った。

「彼をトイレのわきに立たせてくれ、バーニー」チルトンは顔もあげずに命じた。「きみもほかの看守たちも、それぞれの持ち場で待機だ」

チルトンは、レクター博士が『アーカイヴズ・オヴ・ジェネラル・シカイアトリー(綜合《そうごう》精神医学)』誌と取り交わした最新の往復文書を読み終えた。書簡類を寝台に放り出して、彼は監房の外に出た。その動きを、レクター博士はホッケー・マスクの奥の目をキラッと光らせて追ったものの、頭は動かさなかった。

通路のデスクに歩み寄ったチルトンは、ぎごちなく上体を折って、椅子の下から小さな盗聴器をとりはずした。

レクター博士のホッケー・マスクの目の穴の前でそれを振ってみせてから、チルトンはまた寝台に腰を下ろした。

「あの女はミッグズの死に関する人権侵害の証拠を探しているんじゃないかと思ってね、それで聴いてみたのさ。あんたの声を聞いたのも久しぶりだったな——最後に聞いたのは、あんたと面談した折り、わたしの質問に対して徹頭徹尾、欺瞞《ぎまん》的な解答をしてくれたときだった。あとであんたは学会誌にのせた論文で、わたしをさんざんコケにしてくれたんだ。そもそも囚人の見解が学会で真剣な論議の対象になるなど、信じられん話じゃないか。そうだろう？　しかし、わたしは依然現在の地位を保っている。あんたもそうだよな」

レクター博士は無言だった。

「何年もご無沙汰《ぶさた》した後で、ジャック・クロフォードはあの女を送ってよこす。するとたちまちあんたはメロメロになってしまったんだな？　いったい何が気に入ったんだ、ハンニバル？　あの優美で引き締まったくるぶしかい？　あの艶《つや》のある髪の毛か？　実際、きれいな女だよな、彼女は？　よそよそしくて、美しい。冬の夕日のような女だ。わたしはそう見ている。まあ、あんたも冬の夕日を拝むのは久しぶりだろう。しかし、わたしの言葉を信じることだ。あんたが彼女と会えるのはあと一日だ。それからは、ボルティモア郡警察の殺人課が尋問を引き継ぐ。連中はいま、電気ショック治療室の床に、あんたの椅子をボルトで据えつけているぞ。その椅子にはあんたの便宜のために便器もとりつけてある。彼らがコードをつなぎやすくするためでもあるんだろう。ま、わたしの知ったことではないがね。

どうだい、自分の置かれた状況がわかってきたかい？　彼らは知ってるんだよ、ハンニバル。バッファロウ・ビルの正体をあんたが知っていることを、知っているんだ。あんたはたぶんビルの診療をしたことがあるんだろうと、彼らは見ている。ミス・スターリングがバッファロウ・ビルについてあんたに質問するのを聞いて、わたしは不審に思った。で、ボルティモア郡警察殺人課の知人にすぐ電話を入れてみたのさ。クラウスの喉《のど》に昆虫が突っ込まれているのを彼らは発見したそうじゃないか、ハンニバル。クラウスを殺したのはバッファロウ・ビルだと、彼らはわかってるんだよ。クロフォードは、あんたの知能に一目置いている、と見せかけている。しかし、可愛《かわい》がっていた部下の腹をナイフでえぐられたことで、あの男がどんなにあんたを憎んでいるか、あんたは知らないだろう。クロフォードはいま、あんたの首根っこをつかんでいるんだ。それでも、自分は頭がいいつもりでいられるか？」

チルトンの目がマスクをくりつけている紐《ひも》に走るのを、レクター博士は見ていた。明らかにチルトンはいま、マスクをとりはずしてレクター博士の顔をじかに見たがっている。チルトンは安全を考慮して背後から紐をほどこうとするだろうか、とレクター博士は考えた。もし正面からはずそうとすれば、彼はレクター博士の後頭部に手をまわさなければならず、その場合は青い静脈の浮いている彼の前腕の内側がレクター博士の顔の直前にくる。さあ、やれよ、チルトン。近づいてこい。だが、チルトンは断念した。

「あんたはまだ、窓のあるどこかの施設に移されると思っているのか？　浜辺を散歩して、鳥たちを見られると？　ま、無理な相談だな。わたしはルース・マーティン上院議員に電話を入れてみたんだ。するとどうだい、あんたとの取引きの件など、聞いたこともないそうだ。あんたがどういう人物かも知らなかったし、クラリス・スターリングのことも皆目知らなかった。あんたはペテンにかけられたんだよ。女がちょっとした嘘をつくのは仕方がないにしても、ここまでコケにされるとあんたもショックなんじゃないか？

あんたの持っている情報を搾《しぼ》りとってしまった後は、ハンニバル、クロフォードはあんたを重罪隠匿《いんとく》で起訴するぞ。あんたはもちろん、犯行時の精神異常をもって無罪をかちとるマクノートン準則で逃れようとするだろうが、裁判官はそれを受け付けんだろうな。あんたは六件の殺人で極刑を逃れてきた。裁判官はもうあんたの福利厚生などに関心は持たんだろうよ。

窓のある暮らしなどは論外なんだ、ハンニバル。あんたは終生、連邦施設の床にすわって、おむつを運ぶカートが通りすぎるのを眺めて暮らすことになるのさ。歯は抜けて老いさらばえ、もはやあんたを恐れる者などだれもいなくなって、あんたはフレンドーアのような刑務所に移される。若い囚人たちはあんたを小突きまわし、気が向けばあんたをセックスの慰みものにする。読めるものといったら、あんた自身が壁に書いたものくらいだ。裁判所が目を光らせてくれると思うかい？　耄碌《もうろく》した囚人たちはたくさん見てきただろう？　とろ火で煮込んだあんずが出ると、連中は情けなくて泣き崩れるんだよな。

ジャック・クロフォードとあいつの女。あいつの女房が死んだら、二人は公然と付き合うだろうな。あいつは若づくりの服装をして、二人で一緒に楽しめるスポーツを何かはじめるだろうよ。ベッラ・クロフォードが病床について以来、二人は親密に付き合ってきたんだ。周囲の人間も、みんなそれには気づいている。二人は共に昇進して、あんたのことなど年に一度も考えやしない。事件が片づいたら、クロフォードはおそらく直接あんたに会いにきて、あんたの受ける処分を告げたがるだろう。意気揚々としてな。そのときに一席ぶつ内容も、もう用意しているはずだ。

いいかい、ハンニバル、彼はわたしほどにはあんたという人間に精通しちゃいないんだ。仮にあんたに情報の提供を求めても、被害者の母親を苦しめる程度の答えしか得られまいと思っているのさ」

そのとおりだろうな、とレクター博士は思った。どうしてジャック・クロフォードは怜悧《れいり》な男だ。あのスコットランド系アイルランド人風の鈍重そうな表情を額面どおりに受けとると、足をすくわれる。よくよく見れば、あいつの顔は傷だらけだ。もういくつか傷をつけてやる余地もあるだろう。

「あんたが何を恐れているかは、わかっている。苦痛でも、孤独でもない。あんたが耐えがたいのは侮辱だろう、ハンニバル、その点では猫に似ているな。わたしは名誉にかけてあんたの面倒を見るよ、ハンニバル。そして、事実、そうしているんだ。われわれの関係に個人的な配慮が入り込んだことは一度もない。わたしの側からはそう断言できる。そのわたしがいま、あんたのために良かれと行動しているんだぞ。

あんたの利益になる、マーティン上院議員との取引きなど存在しなかった。しかしだね、いまは存在するんだ。正しくは、存在し得るんだ。わたしはあんたの側に立って、あの娘のためにも、もう何時間も電話で話し合いをつづけてきた。これからあんたに最初の条件を伝える。まず、あんたはわたしを通じてのみ自分の考えを公《おおやけ》にすること。この一件に関する専門的な解説、あんたとの実りある面接の結果は、わたしだけが公表すること。何事であれ、あんたが公表することは許されない。キャサリン・マーティンが幸いにも救出された場合、その体験記録はすべてわたしだけが目を通す。

以上の条件は最終的なものであって、交渉の余地はない。さあ、答えてもらおう。条件を受け容《い》れるかね？」

レクター博士はつい微笑を浮かべた。

「いますぐ、この場で答えたほうがいいぞ。さもないと、こんどはボルティモア郡警察殺人課の尋問に答えることになるんだから。で、あんたに与えられる報酬はこうだ——もしあんたがバッファロウ・ビルの正体を明かし、あの娘が無事に救出されたら、マーティン上院議員は——電話で確認してくれるはずだが——マーティン上院議員は、あんたをテネシー州立ブラッシー・マウンテン刑務所に移送させる。そこはメリーランド州当局の管轄《かんかつ》外にある。あんたはジャック・クロフォードの手を離れて、彼女の管轄下に入るんだ。最高度警戒監房に入ることになるが、そこからは森の眺望が楽しめる。本も手に入る。どんな戸外の運動をしてもいい。詳細はこれから練ることになるんだが、彼女はこちらの勧告を受け容れるはずだ。だから、バッファロウ・ビルの正体を明かしたまえ。あんたはすぐにそこにいけるぞ。空港ではテネシー州警察があんたの身柄を引きとる。その点は、州知事もすでに同意しているのさ」

チルトンのやつ、ようやく興味深いことを言ったな。しかも、やつ自身、それがどの点なのか、わかっていないんだ。レクター博士はマスクの陰で赤い唇をすぼめた。警察による拘束ときたか。警察はバーニーほど聡明《そうめい》ではない。が、犯罪者の取り扱いには慣れている。彼らは足枷《あしかせ》と手錠を使いたがる。手錠と足枷は手錠の鍵《かぎ》でひらく。わたしが隠し持っているような鍵で。

「彼のファースト・ネームはビリーだ」レクター博士は言った。「あとは上院議員に直接話す。テネシーでね」

28

ジャック・クロフォードはダニエルスン博士のすすめるコーヒーを断った。が、カップは受けとって、ナース・ステーションの背後のステンレス・スティールの流しでアルカセルツァーを水に溶いた。そこではすべてがステンレス・スティールだった。カップ・ディスペンサー、カウンター、屑《くず》入れ、そしてダニエルスン博士の眼鏡の縁。つやつや光る金属は医療器具の輝きを連想させて、クロフォードは鼠径《そけい》部のあたりにずきずきする痛みを覚えた。

狭い調理室には彼と博士しかいなかった。

「裁判所命令がない限り、受け容れられませんな」ダニエルスンはくり返した。コーヒーをすすめるときに示した遇し方とはうらはらの、ぶっきらぼうな口調だった。

ダニエルスンはジョンズ・ホプキンズ大学、性同一性クリニックの部長で、朝の回診のずっと前の黎明《れいめい》時にクロフォードと会うことに同意してくれたのである。「各個のケースに応じた個別の裁判所命令を見せてもらわないとね。われわれとしては、その一つ一つで争ってみせるが。コロンバス・メディカル・センターとミネソタ大学の反応はどうでした――われわれと同じでしょう?」

「いずれに対しても、目下司法省が要請を行っているところです。事は急を要するんですよ、博士。あの女性がまだ生きているとしても、犯人はすぐに殺すはずです――今夜か、あすにでも。それから彼は次の犠牲者を拉致《らち》するでしょう」

「われわれがここで扱っている問題と同列にバッファロウ・ビルの名をあげるだけでも、無知で、不公正で、危険なことなんですよ、クロフォードさん。わたしなどは慄《りつ》然《ぜん》とするくらいで。もう何年もかけて――その努力はなお道半ばですが――われわれは社会に示してきたんです、性転換願望者は異常者でも、変質者でも、俗に言うオカマでもないと――」

「それは同感ですね――」

「待ってください。性転換願望者間の暴力事件の発生率は、一般の市民のあいだで起きるそれよりずっと低いのです。彼らは良識ある人々だが、真の問題を抱えている――妥協の余地のないことで知られる問題をね。だからこそ、援助を受けてしかるべきだし、われわれはその援助を与えられるのです。ここで魔女狩りを行わせるつもりなど、わたしには毛頭ない。われわれが患者の信頼を裏切ったことなどいまだかつてないし、これからもないでしょう。そのへんの確認からはじめたほうがよろしいようですな、クロフォードさん」

この数ヶ月、私生活において、クロフォードは妻のかかっている医師や看護師との親交を深めて、すこしでも妻の治療に役立てられるよう努めてきた。いままでは医師たちには嫌気がさしている。しかし、これは自分の私生活に関わる問題ではないのだ。ここはボルティモアであって、自分は職務を果たそうとしている。下手に出たほうがいい。

「だとすると、わたしはまだこちらの立場を明確にしていなかったようですね、博士。わたしの落ち度です――こんな早朝だし、わたしは朝型の人間ではないのでね。要は、こちらで追っている男はあなたの患者ではない、ということなんです。真の性転換願望者にあらずとあなたが判断して、手術を拒否しただれかなんですよ。われわれはただやみくもに事を急いでいるわけではない――そちらが行う人格テストにおいて、その男が典型的な性転換願望者のパターンから逸脱している項目をいくつかお見せしましょう。この短いリストをベースに、そちらのスタッフはここで手術を拒否された人間の中から該当者を選び出せるはずです」

ダニエルスン博士は鼻のわきを指で撫《な》でながらリストに目を通した。リストをもどして、彼は言った。「これは独創的な手法ですな、クロフォードさん。奇怪きわまりないリストだ。奇怪という言葉を、わたしはめったに使うことがないいんだが。いったいだれがこういう……推測をあなたに提示したのか、教えてもらえますか？」

それは知らないほうがいいと思うがね、ダニエルスン博士。「行動科学課のスタッフですよ」クロフォードは言った。「シカゴ大学のアラン・ブルーム博士と協議の上でまとめたのです」

「それを是認しているんですか、アラン・ブルームは？」

「それに、われわれはそのテストのみに頼っているわけではないんです。あなたの記録の中からバッファロウ・ビルを浮上せしめる鍵がもう一つある——彼はおそらく暴力犯罪の前科を隠そうとしたか、自分の経歴をいくつか捏造《ねつぞう》しているはずだ。あなたが手術を断った連中の資料を見せてください、博士」

ダニエルスンは終始首を振りつづけていた。「テスト結果と面接資料は部外秘です」

「ダニエルスン博士、ペテンや虚偽の申告がなぜ部外秘の対象になるんです？　前科者が名前を隠し、そちらで実名を探り出さなければならなかったような場合、その前科者の本名や真の経歴まで、どうして医師と患者の信頼に基づく関係の枠内に組み入れなければならないんです？ ジョンズ・ホプキンズ大学が事前調査にいかに完璧《かんぺき》を期すか、よくわかっている。こういうケースはおそらく初めてではないでしょう。手術熱望者は手術が行われている機関すべてに申請書を出すものだ。それは各医療施設や正当な患者たちの名誉を汚《けが》すものでは決してない。われわれＦＢＩにしたって、頭のイカれた連中が応募してくることなど珍しくないんですよ。そんなことはしょっちゅうでね。つい先週も、『三ばか大将』のモーのかつらをかぶった男がセントルイス支局に応募してきた。そいつはゴルフ・バッグにバズーカ砲、ロケット弾二個、それに熊《くま》皮の軍帽までひそませていましたがね」

「で、その男を雇ったんですか、ＦＢＩは？」

「手を貸してください、ダニエルスン博士。時間は切迫している。われわれがこうしてここに突っ立っているあいだにも、バッファロウ・ビルはキャサリン・マーティンをこういう目にあわせているかもしれないんです」クロフォードはピカピカのカウンターに一枚の写真をのせた。

「やめてほしいね、そんなことは」ダニエルスンは言った。「幼稚な、脅しめいた手口だ。わたしは前線で働く軍医だったんだよ、クロフォードさん。写真はポケットにもどしてくれ」

「そりゃ、軍医なら手足を切断された死体を見ても平気でしょう」クロフォードは紙コップをくしゃっとつぶして、蓋《ふた》つきのゴミ入れのペダルを踏んだ。「しかし、ふつうの医師ならば、人命がむざむざと奪われるのを座視することはできないはずだ」紙コップを屑入れに落とすと、どすんと気持のいい音をたてて蓋がしまった。「わたしのぎりぎりの条件を言いましょう。患者の身上資料を見せてくれとは言わない。ガイドラインに照らしてあなた方が拒絶した申込者の情報だけでいい。あなたと精神審査委員会は、わたしなどよりずっと迅速に、受理を拒否された申請書をチェックできるはずだ。もしその情報によってバッファロウ・ビルを発見できた場合、その経緯は公表しません。同じような結果をもたらし得た別の方法を考え出して、われわれはその方法でビルを見つけたんだということで、記録上も押し通しますから」

「わがジョンズ・ホプキンズ大学は証人保護プログラムに組み入れ可能だというのかね、クロフォードさん？　われわれには新しい身分が与えられるというのかな？　で、われわれをボブ・ジョーンズ・カレッジに移籍させるとか？　FBIであれ、政府のいかなる機関であれ、そんなに長期間秘密を保てるとは思えないがね」

「まあ、見てらっしゃい」

「さあ、どうかな。無能な官僚のこしらえた嘘《うそ》の衣を着て這《は》い出ようとするくらいなら、真実を正直に述べたほうがずっと実害がすくなくてすむというものさ。そういう手口でわれわれを保護するのは願い下げだね、ご配慮、ありがとう」

「こちらこそ、ユーモラスなコメントをいただいてありがとう、ダニエルスン博士。とても参考になりましたよ――なぜかはいま説明しましょう。あなたは真実のほうがお好きだと言う――じゃあ、こういう真実もお知りになったほうがいい。彼は若い女性を誘拐して、その皮を剝《は》ぐ。そして、その皮を着て、嬉々《きき》として跳ねまわるんだ。われわれはこれ以上そんな行為をつづけさせたくない。もしあなたが可能な限りすみやかに手を貸してくださらんのなら、こうさせてもらおう――本日、これから、司法省はあなたが協力を断ったという理由で、裁判所命令を公然と要求する。われわれは一日に二回、午前と午後のニュースに十分間に合う時刻を選んで、裁判所命令を要求する。この事件に触れて司法省から配布されるプレス・リリースには、ジョンズ・ホプキンズ大学のダニエルスン博士の協力を求める交渉がどの程度進んでいるかを逐一伝える。バッファロウ・ビル事件で何か新しい進展があるたびに――キャサリン・マーティンの死体が川に浮き、次の死体が川に浮き、そのまた次の死体が川に浮くたびに――われわれはただちにジョンズ・ホプキンズ大学のダニエルスン博士との交渉がどうなっているかをニュース・リリースで公表し、ボブ・ジョーンズ・カレッジに関するあなたのユーモラスなコメントも同時に伝える。もう一つ。ご存知のとおり、このボルティモアには保健福祉局がある。わたしの頭には資格審査課の存在が浮かぶんだが、あなたの頭にもすでに浮かんでいるんじゃないのかな？　マーティン上院議員が、娘の葬儀が終わってしばらくしてから、資格審査課の面々にこうたずねる――ダニエルスン博士が行っている性転換手術は単なる美容整形手術と見なすべきじゃないのかしら？　すると、係の面々は頭を掻《か》いてこういう結論を下すだろうね――〝うん、マーティン上院議員の言うとおりだ。あれは美容整形手術だよ〟。その結果どうなるかといえば、ここで行われている性転換手術は、鼻の整形クリニックに連邦政府の補助金が下りないのと同様、いかなる補助金を受ける資格も失ってしまうだろうね」

「そいつは侮辱だ」

「いや、真実の一端さ」

「わたしはちっとも怖くない、そんな脅しにはのらないよ――」

「けっこう。わたしもあなたを怖がらせたり、脅したりしたくないのでね、博士。わたしはただ、あなたに知って欲しいんだ、わたしは真剣だということを。手を貸していただきたい、博士。お願いだから」

「あなたはアラン・ブルームと連携していると言われたな」

「ええ。シカゴ大学の――」

「アラン・ブルームのことなら、よく知っている。この問題は、ひとつ、専門家レヴエルで討議したいものだな。きょうの午前中にわたしのほうから連絡すると、アラン・ブルームに伝えてくれませんか。わたしの出した結論は、正午前にあなたにお伝えしましょう。わたしだって、あの娘さんのことは心配しているんです、クロフォードさん。むろん、他の女性たちのことも。しかし、この問題には難しい面が多々あって。あなたにはその問題の重要性が読みとれていないようだが……ところで、クロフォードさん、最近、血圧を計ってもらったことは?」

「自分で計っていますが」

「で、薬の処方も自分でされる?」

「それは違法行為ですよ、ダニエルスン博士」

「しかし、かかりつけの医師はいらっしゃる」

「ええ」

「では、計った結果を彼に伝えるんですな、クロフォードさん。あなたが急死したりしたら、われわれ全員にとっての損失だから。きょうの午前中、もうしばらくしたら、ご連絡しましょう」

「どれくらいたったらですか、博士？　およそ一時間後、ではどうでしょう？」

「では、一時間後に」

一階でエレベーターから降りると、クロフォードのポケット・ベルが鳴った。ドライヴァーのジェフが手招きしている。クロフォードは小走りにヴァンに駆け寄った。あの娘が死んで、死体が発見されたのだ、と思いつつクロフォードは受話器をつかんだ。かけてきたのは長官だった。最悪というほどではないにしろ、かんばしくない知らせだった。チルトンが事件に割り込んできて、マーティン上院議員が介入しつつあるという。メリーランド州検事総長が知事の指示で、ハンニバル・レクター博士のテネシー州への身柄引き渡しを承認した。連邦裁判所とメリーランド州が総力をあげなければ、この引き渡しを阻止することも遅らせることもできない。長官はクロフォードの判断を、いますぐに聞きたがっていた。

「ちょっと待ってください」クロフォードは言った。受話器を太腿《ふともも》に押しつけて、ヴァンの窓の外を見た。二月の黎明の光の下では、たいした色彩は目につかない。灰色一色だ。荒涼たる光景だった。

ジェフが何かを言いかけたが、クロフォードは手をあげて黙らせた。

レクターのとてつもないエゴ。チルトンの野心。マーティン上院議員の、娘を思いやっての恐怖心。キャサリン・マーティンの命。やむを得ない。
「いかせましょう」彼は受話器に言った。

T・ハリス
高見浩訳
ハンニバル
（上・下）
怪物は「沈黙」を破る……。血みどろの逃亡劇から7年。FBI特別捜査官となったクラリスとレクター博士の運命が凄絶に交錯する！

T・ハリス
高見浩訳
ハンニバル・ライジング
（上・下）
稀代の怪物はいかにして誕生したのか——。第二次大戦の東部戦線からフランスを舞台に展開する、若きハンニバルの壮絶な愛と復讐。

カフカ
頭木弘樹編訳
カフカ断片集
—海辺の貝殻のようにうつろで、ひと足でふみつぶされそうだ—
断片こそカフカ！ノートやメモに記した短く、未完成な、小説のかけら。そこに詰まった絶望的でユーモラスなカフカの言葉たち。

T・R・スミス
田口俊樹訳
チャイルド44
（上・下）
CWA賞最優秀スリラー賞受賞
連続殺人の存在を認めない国家。ゆえに自由に凶行を重ねる犯人。それに独り立ち向かう男——。世界を震撼させた戦慄のデビュー作。

J・アーチャー
永井淳訳
百万ドルをとり返せ！
株式詐欺にあって無一文になった四人の男たちが、オクスフォード大学の天才的数学教授を中心に、頭脳の限りを尽す絶妙の奪回作戦。

L・ホワイト
矢口誠訳
気狂いピエロ
運命の女にとり憑かれ転落していく一人の男の妄執を描いた傑作犯罪ノワール。あまりに有名なゴダール監督映画の原作、本邦初訳。

日はまた昇る
ヘミングウェイ
高見浩訳

灼熱の祝祭。男たちと女は濃密な情熱と血のにおいに包まれて、新たな享楽を求めつづける。著者が明示した〝自堕落な世代〟の矜持。

武器よさらば
ヘミングウェイ
高見浩訳

熾烈をきわめる戦場。そこに芽生え、激しく燃える恋。そして、待ちかまえる悲劇。愚劣な現実に翻弄される男女を描く畢生の名編。

移動祝祭日
ヘミングウェイ
高見浩訳

一九二〇年代のパリで創作と交友に明け暮れた日々を晩年の文豪が回想する。痛ましくも麗しい遺作が馥郁たる新訳で満を持して復活。

われらの時代・男だけの世界
―ヘミングウェイ全短編1―
ヘミングウェイ
高見浩訳

パリ時代に書かれた、ヘミングウェイ文学の核心を成す清新な初期作品31編を収録。全短編を画期的な新訳でおくる、全3巻の第1巻。

勝者に報酬はない・キリマンジャロの雪
―ヘミングウェイ全短編2―
ヘミングウェイ
高見浩訳

激動の'30年代、ヘミングウェイは時代と人間を冷徹に捉え、数々の名作を放ってゆく。17編を収めた絶賛の新訳全短編シリーズ第2巻。

蝶々と戦車・何を見ても何かを思いだす
―ヘミングウェイ全短編3―
ヘミングウェイ
高見浩訳

炸裂する砲弾、絶望的な突撃。スペインの戦場で、作家の視線が何かを捉えた――生前未発表の7編など22編。決定版短編全集完結！

羊《ひつじ》たちの沈《ちん》黙《もく》(上)

新潮文庫　ハ-8-21

Published 2012 in Japan
by Shinchosha Company

平成二十四年二月一日　発行
令和七年八月三十日　八刷

訳者　高《たか》見《み》浩《ひろし》
発行者　佐藤隆信
発行所　株式会社新潮社
郵便番号　一六二—八七一一
東京都新宿区矢来町七一
電話　編集部(〇三)三二六六—五四四〇
読者係(〇三)三二六六—五一一一
https://www.shinchosha.co.jp

価格はカバーに表示してあります。

乱丁・落丁本は、ご面倒ですが小社読者係宛ご送付ください。送料小社負担にてお取替えいたします。

印刷・錦明印刷株式会社　製本・錦明印刷株式会社

ISBN978-4-10-216708-3 C0197